"海风三人行"诗丛

走来的春天

白地 著

长江出版传媒
长江文艺出版社

目 录

序 / 001

2003 辑

你 / 003

父女关系 / 005

一个躯体的犹豫 / 007

千里之外 / 008

脱离 / 009

2004 辑

用一件衣裳来做我们的房子 / 013

时间的证明 / 014

车过石家庄 / 016

羽毛生活 / 017

盐光 / 018

细草间 / 019

丰庆路 / 020

马蹄莲 / 021

哈里昆的狂欢 / 022

复活 / 023

返回 / 024

克里斯鸟 / 025

来自秦皇岛 / 026

芦苇塘 / 028

微笑 / 029

2005 辑

1658 / 033

失忆 / 036

黄金分割 / 037

芦苇花 / 038

告别 / 039

黑森林 / 040

艾丽西娅 / 041

新疆生活片断 / 043

重生 / 046

朱安 / 048

2006 辑

绞股蓝 / 051

三月三 / 053

凫 / 055

麦香从那一边来 / 056

太阳 / 057

蓝体世界 / 058

我愿意 / 059

雪绒花 / 060

2007 辑

好时光 / 063

众旖弃阁 / 064

计划 / 065

午后,海面上升起了我 / 066

花房 / 067

慢慢地 / 068

大桥 / 069

海水又上涨了 / 070

我该替它说什么 / 072

立秋后 / 073

巢 / 075

傍晚的葡萄地 / 077

9月2日的这场秋雨 / 079

止欲 / 080

在海边 / 082

无处可逃 / 084

三日 / 085

2008 辑

在这个华丽的春天 / 089

水 / 090

春天与觉醒 / 091

悬崖 / 092

转身 / 093

2010 辑

杭州 / 097

路口 / 098

大路 / 099

累了，就站在窗口凝望一会儿 / 100

道前街 / 101

2011 辑

那天下雨 / 105

决定 / 107

夏天走了 / 108

眩晕 / 109

不见了 / 110

2014—2015 辑

鲜花盛开的时候 / 115

未来 / 116

埋藏 / 117

春明 / 119

春雨 / 121

2017 辑

生日书 / 125

蚂蚁 / 127

剧院 / 129

旅行 / 130

风车 / 131

2018 辑

平安 / 135

走来的春天 / 137

文溪坞 / 139

南北湖记行 / 140

清明·三苏坟 / 141

城河 / 142

从街角望过去 / 143

街角 / 144

葡萄 / 145

夏雷，以及异动 / 147

白花，红花 / 149

阳台 / 150

等我老了 / 152

这是一条美丽的道路 / 153

它生来就美好 / 155

最近，我被尘世缠绕 / 156

姐姐 / 157

护城河 / 158

我终于可以为自己负责 / 160

逃跑 / 161

蝉衣 / 162

蛛丝马迹 / 163

海水从它们身上经流 / 165

谷地 / 167

七夕：山麦冬的歌唱 / 169

阻止 / 171

蜜蜡 / 173

长廊 / 174

大桥 / 175

中秋 / 177

风景 / 178

我有一只蝴蝶 / 179

我停止了一切猜疑 / 180

归来 / 181

莲花的命运 / 182

清晨 / 183

我喜欢羞涩 / 184

美人蕉 / 185

鼠尾草 / 186

我没有忘记远方 / 187

跋 / 188

序

·育邦·

海风三人行。海者，濒临大海，地名海盐，这是大海的声音；风者，慕风雅颂，山野乡音，这是诗歌的风暴；三人者，白地，津渡，米丁；行者，至友相契，和歌以涉远，道合以前行。

三人中，米丁稍长，对于海盐的历史文化有深入的体认和研究，他的双足是深契于这沧海桑田变换光怪陆离的土地；他从事诗歌写作，我以为那是更为重要的羽翼，以使他能够自由地飞翔于江海交汇的天空，远离喧嚣与尘世。

津渡，存在于一种急速奔驰的人生转场中，"海的大肚皮"孕育出诗歌的精灵，这些热爱打木片游戏的精灵给他带来了无限的慰藉。

明朝天启年，海盐知县、湖北黄冈人樊维城主持《盐邑志林》，辑三国至明代邑人之经子杂说四十一种六十五卷，"用张兹邑著记之盛"（朱国祚序）。传说，该编为中国历史上地方文化丛书最早，其地位，犹开中国地方镇志先河之南宋海盐澉浦人常棠撰《澉水志》。津渡，也是一位生活于海盐的湖北人。这既是历史的巧合，也是文化的因缘。

白地，是一位女性诗人，她在大海与滩涂的边缘游弋，生活给予她无尽的教益，而诗歌给予她心灵的寂静。她的诗歌中散发出盐、焰火与人间的深切信息。

据米丁说，十六年前，海盐突然冒出一位叫白地的作者，写诗甚好，后在作协活动还是其他什么事情交往中（已记不真切），得相识。其时，白地在县城勤俭路设店铺谋生，印象中女帽女包为多，某日，她兴奋地告诉米丁，核电厂一写诗歌散文的，找到店里，给她看一叠打印稿，行走长江游记，写得甚好，你们可以认识一下。因缘际会，就这样，三位歌者在诗歌中相遇，遂有三人行之缘分。

近期，地方政府出台政策扶持文化，三人以"海风三人行"诗丛报题，得入选支持项目。米丁与白地，海盐人；津渡二十年前徙海盐，与樊维城一样，原籍亦湖北。与津渡游，常有樊氏襄举海盐文化之想。

海风三人行，于是就有了白地《走来的春天》、津渡《湖山里》、米丁《梦见香樟的自行车》这三本诗集。

说不尽的大海，说不尽的诗歌，在此我就不再赘述诸君诗歌了，"略而不陈，惧亵也"！

2003 辑

你

睡着的时候,几只老虎经过,
金色的虎皮炫耀着青春,
我以为是马,骑了上去。

一些光在增加厚度。你扯着我的裙角
像个孩子。其实
我也只是一个孩子。

我们一同躲进青色的篱笆,
任泛滥的泥水渲染眼睛,石缝里
爱莫明其妙地游出来——

那几只老虎蹲在烂泥里,
一边啃着年轻时候的诗,
一边眼巴巴地望着我们:

我们均匀地呼吸;
我们的身上长起草;
我们背底的蚯蚓疏松着骨头……

醒来就发现你已经老了。你赶走了

那一群勇猛的动物。额,化为坟墓活着的你,再不是当初的模样。

写于 2003 年 1 月 18 日,海盐

父女关系

我是父亲的女儿。这一层关系
让我继承了黑黄的肤色。上衣的补丁
从童年探出针脚。循望。
泥泞的乡路上,背影中又一个背影。

然而短暂。更多的回忆
跨上狭窄的肩膀。负荷。
我看到狰狞的表皮和暴怒的眼睛
相互兼并。慈祥消逝。我不问为什么。

因为父女关系。我也不说父亲很坏。
他是好人,他只是因为做好事而做了坏事;
他乐意把别人的钱装入自己的口袋,
然后无理由地消费。他从不赌
也不滥吃滥喝,所以应该就是好人。

我是他的女儿。我保持"父亲"二字的温度,
我试图从小时候的菜缸里掏出咸菜
敷在眼睛的伤口上,让泪
更像泪。我曾跪在路边

用石片搓洗手背。这是真的。

这些痕迹现在还在。我欣赏自己的少年,
并且庆幸留下了一个家庭的时代特征,
让我在父亲隐匿的今天,还能记起父亲。

写于 2003 年 3 月 19 日,海盐

一个躯体的犹豫

她能预测到结果,尽管从不细心,
在一个人绅士的举止中俯首,
不敢再向前一步,也不能后退一步。
所以僵直于晃荡的距离中,
被欲望拴在笨拙的绳上——

"哦,我在背部的谎言中生存得这么自然
——请别说话,因为我愿意。"

再没有可以重复的理由。如果人脑的分泌物
渗透在衣装上,那么她与那个人
是否在相吸的化学反应中结成"科学"的夫妻,
现实的住所与荒唐的车轮一起旅行,
饮料与吻在腹中聚会。

——失衡,失衡,一切绽裂的结果
从躯体的左边,一直隐匿到躯体右边。

写于 2003 年 8 月 18 日,海盐

千里之外

我已经在笑，为我获得的粮食
与已经丢掉的顽固。
千里之外的声音
如鞋底的泥屑，十分松软。

姐妹，亲爱的，抱着枕头
入睡到自己的身体上，
不存在床塌的可能。
月光详和地说：抬起欢乐的手吧——

月光是灵性的——姐妹，
当你低头，看到那些花草，
它们在风中细碎地摇晃，
正想和你说些什么……

写于 2003 年 10 月 8 日，平顶山

脱 离

纯金属的光,酒精的光。
路,平面,没有位置。
另一匹马,拒绝秋天的声音。
这是水声。在左侧,在右侧,在
身前身后。这是城市的鱼,
在水中,又拒绝水。

这条路上,披着鱼鳞的水,与
喝着水的鱼,相隔无数条路。行走,
走,走到人烟消无。
告别果园,花朵,和果子。
最后的马,看不见水。

谁渴?谁销毁我?谁诅咒鱼死?
高楼,烟囱,铁路——唯有我
是绿的。没有喷泉的喷泉广场,
孤寂,裹满冷。

一匹马脱开鱼的身体。从
黑森林中,束起洁净的衣装。
我从路的中间散步,在路的中间

成为一只杯内的水。我,更具诱惑。

写于2003年11月5日,平顶山

2004 辑

用一件衣裳来做我们的房子

我用简单的赠予来获得你,
用衣裳做一所房子;
用今天经过的绳子串起童年,
做地皮上一只金黄的蝙蝠,
盖上整齐的瓦片。

今天经过的还有路,
泛着香蕉的味道;
被衣裳盖住的还有兄弟姊妹,
握着的苹果,以及
那口久未掀开的井,
和如井的缸。

写于 2004 年 1 月 13 日,平顶山

时间的证明

这三人说着有关时间的证明，
一人叹息，一人笑，一人沉默。
我把双手插入口袋，左手摸着袋角的一枚硬币。
这条河边，有过骗子，妓女和小偷；我们
什么都不是，连"人"这个称呼都显得遥远了。

那片草地上拥着取暖的情侣，还堆满了废弃的东西，
比如烟蒂、易拉罐、纸巾，和情侣们坐过的报纸。
唯一让我感激的是那些小石粒，它们踢着我的鞋，
像水面的阳光，与水的关系。

现在我再说，这三人右边的河是湛河，
"湛河的水流动了，才是清的。"
左边，时常路过一些儿童和儿童的携领者；
我携着自己，听他们说话。这时
右手摸到了一张已用过的餐巾纸。

在有关时间的话题里，他们最终没得到什么。
该证明的，被河里的一只金色的烟盒证明了；
不该证明的，也被它证明了。
他向水中央投下一枚硬币，说"就当是我跳河了吧"；

她抿了抿嘴，什么都没说。

写于 2004 年 1 月 19 日，平顶山

车过石家庄

我就要离开石家庄,
这里没有一个亲戚和朋友。
宽阔的站台灯火明亮,
它和别的站台一样,
都属于火车。

这里的铁轨将被黑夜擦亮,
那奇怪的建筑泡入了月光。
月啊,弯弯地,
倒在我的倒影中。

我这样坐着:
黑衣,长发,握着笔和书;
左边是过道,右边是车窗;
车窗那边,落满了
成群的滑行物。

写于 2004 年 1 月 26 日,平顶山—北京的火车上

羽毛生活

你的意思是,必须用羽毛
完成高空的动作。春天用柳条打着牙祭,
看,什么都像羽毛
——公园,河,漂亮的眼睛和眉。

春天,白鸽飞来,又飞去。人们渴望
屋檐下出现燕巢,以及黑色的
能跟他们匹配的灵肉——但需要轻盈的身体,
要有足够的水和米。

"洁白的羽毛欲飞离而去,
黑色的羽毛欲飞离而去。
风平浪静的河欲飞离而去,
英俊的男人和端庄的女人欲飞离而去……"

朝拜者都留下脚印。飞翔很不易。
春天献来玲珑的花骨朵,它们也像羽毛
穿过行人的肺,疲惫者的脊梁——
像蚂蟥穿过种田者的手背,穿过整亩良田。

写于2004年2月,平顶山

盐 光

> 做盐中的光,这是幸福之光。
>
> ——高柳

我的海离我越来越远了。
在越来越远的地方,海水越来越蓝。
其实海从没有蓝过。
在那海滨小城,我生活多年。
多年来,它一直混浊着,直到我离去。

那时我们说晒盐,几十公里的鱼鳞塘,
摆满盐田。盐农们穿着白衣,戴着斗笠。
他们倚岸而坐,强烈的日光曝晒着
这群善良的菌种——休息吧,在烈火下睡!

那是久远的事情了,至今没有见过。
但生活在盐的光里,而且赶不走眼前的鸥鸟。
看看鸥,黑白相间的身体比燕子肥壮。
来,飞到我的胸脯——站到光源发生的地方,
尝尝这里的海水,比井水还甜。

写于 2004 年 2 月,平顶山

细草间

走过这片,又进入另一片——找羊。
夏天将到,绿吃了人们的肉,接替
众草的信仰。羊啊,咀嚼的是春天的妹妹。

写于 2004 年 4 月 19 日,郑州

丰庆路

丰庆路像我的 21 岁。
黄色的车道隔离线
隔开行人与月季。初夏,
月季开了红花还开白花。

这位过路的老人
还坐在石阶上歇息;
然后,我扶她下去,告诉她
再往北就是北环路。

她称我为好姑娘,并紧握着
一双被众多人遗弃过的手。
"年老时将不再住到这里。"
在被坐过的那级台阶上,
她渐渐变小——

写于 2004 年 5 月 9 日-10 日,郑州丰庆路

马蹄莲

今天,我的目的就是接你出生。
房间里阳光明媚。预感十分准确:
我嫁给水的父亲,
生下一堆堆小雪山。

你知道我的特点是不说好话,
面对雪化,我通常一走了之;
我不好玩笑,所以没把你说成我的女儿。
——年轻时,我的名字和你一样白。

你竟然没有花瓣。白色的五月归纳为:
和你一样白的我的丈夫的发,你父亲的白色温柔。
你阅读卡夫卡,阅读西蒙娜·薇依,
而你父亲的另一个女儿

在一旁临摹你作画。房间里阳光明媚。
曾经,我在暗室里一待就是十年!
所以生下你,接替我的眼睛。
天空万里无云,我等你父亲。

写于 2004 年 5 月 12 日,郑州

哈里昆的狂欢

左边,那个蓝红固体的忧郁
正进行对这场狂欢的戒备。整幅画面
像今天早晨的呕吐物,色彩斑斓。

像没有主题的闹剧,悬空的音符咒出欢乐。
黑色金字塔与红色火焰匹配,呵,
多么疯狂的夫妻,黑白星星和谐地照耀。

"我总是和虫穴居,一见光,就没有了头。"
彗星,跌跌撞撞的颗粒事物,撞开蛇穴——
脑门,与弯曲的腿,与飞翔的音乐。

这些物体携带着人类的灵魂,依然狂欢。
人类被抛弃在最轻的地方。
蓝红色,多么忧郁,终日——不碰一滴水。

写于 2004 年 6 月 17 日,郑州丰庆路

复　活

七月，说走就走了。百合花又败了，常青藤
死了一回又一回。他说我给你送来不死的兰花吧，
不再把呼吸供给亡却的尘土。你是谁？
莅临我头顶的苍白。那些信笺、信封，和笔，
哪一样写着我的父亲，或者母亲？

下个月，桂花又开满枕边；月饼，欢度着我的孱弱。
那么多亲爱的朋友，都在葱郁的林中散步，陪着
鸟儿的欢叫。阳光绘遍郑州的大厦、道路，中原
成为安静的家。七月说走就走了，
我说苍白是命，大地铺满葡萄和香蕉。

一夜又一夜的暴雨洗净了树枝的灰，我又看到绿，
摇晃的心情。你送来水、杯子，毫不犹豫地
往回走。朋友们都还在呼吸早晨的空气，
你已走到黄昏。你让我把希腊神话移到卢浮宫；
趁着未老，把托尔斯泰复活了……

写于 2004 年 7 月末，术后

返 回

返回的方式有多种：三角形，梯形，多边形……
现在，我给一种返回取名直角，又成射线，带着
深蓝色渐变。昏黄的人界送来金色的芒果，
我不要。我要劳伦斯的情人，私生子。

这叫分解，可以在水中，在火中，在土中；
这一次，选择在气体中。谎言可以取代诺言。
一分钟后，你们都消失了。在一步开外，
树立着洁白的纪念碑。"我终身受益，在一杯
未泻出的酒中；在未成熟的水里，我已渴死。"

明白吧，人们就是这样算计。野花开遍大地，
但婀娜的树枝，在南方比较多。那里
有适应的天气，有适应的水土，有适应的
经济，可以灌输毕生的营养。但是，

桂花只香在八月，白鹭，只在天空中纯洁。
于是，人们选择返回，以最快的速度。这时，
云彩，已变成蔓延的焰火；皮肤，像
土豆的表皮——我们的亲人，已泪流满面。

写于 2004 年 8 月中旬，郑州

克里斯鸟

掉了,掉了,这紫红色的头发,尼索斯——
鹰的爪尚未丰满——你那爱情中的女儿
在浪中追寻。尼索斯,你错误地
生下了女儿;你准确地和弥诺斯对抗。

斯库拉,我与你,只是罪不相同。
我们最大的爱,是给父亲和母亲;如果
你不能,那么,我愿意以另一种方式
嫁给弥诺斯,与你相争。

你漂亮无比,你拥着万金;深夜,你
潜入黑暗的秘密,但,被我知道了。海水卷着你,
吞并你。克里斯鸟——紫胸,红腿。
万物成长的时候,她湿了翅膀。

尼索斯,下辈子,让弥诺斯做你的儿子,我
做弥诺斯的妻子。春天,海水涌起的时候,
从远方飞来羞愧的鸟群。你看,它们
像消散的一缕炊烟,又像你的命运,一生。

写于 2004 年 8 月中旬,郑州

来自秦皇岛

那位外乡人所说的拯救,
是说中国北部的一个摇篮,
里面盛满来历不明的因果;
那突然而至的变故,
将一秒钟的快乐扫落在地。
他认识到贴在墙上的风景
和被冻的沧海
都关在千里之外。
那是位不速之客,模仿秦始皇
寻找长生不老的药。
谁被骗了,中国的曲线,
像女人细致的皮肤,感染的炎症,
他区分不清。背叛——
黄河以北再往北的颤抖、叹息;
模糊的山海关,变色的海滨;
焦虑的声音;市场,杂技场。

他所说的回归,是说尚未堕落。
"你不能,你不能……"
是的,不能,但是,在
未达到幸福之前,首先

得保证活着。"等我回来,
一定要找到你的心脏。"
秦皇岛之南,大地已打上白霜。
有谁不信?秋天,斜阳上市,
秋雨,淹没了聚会的人群。
那时候,面孔蜷缩在雾中,
看不清衣装,摸不到半缕笑;
枯萎的简历上面,记载着
横折撇捺,句号,省略号,
打着破折。他说拯救——
不曾温暖的手,拉紧,拉紧……

写于 2004 年 8 月 28 日,郑州

芦苇塘

我说:命是芦苇,死亡
是苇塘里的一个漩涡,沙滩
是额头,水里的动物
是我的手指,或颈间垂挂的丝巾。

你们说:摊开双手,捧到冬天的大雪
把它们藏于床底的甏——然后
一起酿明年的酒。酒
不代表命,
以及与命有关的一切。

写于 2004 年 12 月 25 日,郑州

微 笑

没有原因。让余烬享受天空吧,
给它最大的自由,让它藏在喜马拉雅山中,然后
钻入风的身体。

写于 2004 年 12 月 25 日,郑州

2005 辑

1658

(一)

火车摇晃了一下身子,带着
我的牛奶和面包。我的身子
跟着抖了一下,随即看到
白霜打软了车外的野地。清晨,
太阳红红的,没有光晕。

天空像这节卧铺车厢,卧满
洁白的绵羊,像年轻的战士
　匍匐在少女的胸怀。

(二)

时光进入了 2005 年的第一个春天。
我想到清明和种子。下午,
褐色的阳光温暖了一对年轻夫妻,
他们正在讨论耕耘。

直到春天开出桃花,他们

还未从梦中醒来——列车的躯体
像地球的脊梁骨,突然
被外来的回归线戳穿。

(三)

白云。蓝天。斜拉桥。米开朗琪罗
在硬座上自说自话。窗外,是
透明的大厦,水塘和杉林。
播音员正在播报——

我们的母亲离得越来越远。
夕阳西下的时刻,雾
沿着清澈的眼睛,和昏黄的灯光
涨上来。黄昏,是一座小屋
——这么多人们,坐在里面。

(四)

我说这座铁塔就是东方明珠,
粗糙的塔体如我的骨骼。塔下,
成片的村庄向世界鞠躬作揖——
看,那批错过的露宿者——

站在蓝色的立交桥上,充满敬意。
这里的一些人

正争论中国的教育和中国保险,另一批人在瞌睡中打牌,抽烟,做女人的梦。

写于 2005 年 1 月 14 日,1658 次上海——郑州列车上

失 忆

意识到黄金和白银；
意识到树叶和火；
意识到祭奠和祝福；
意识到水和生存。

意识到关系和发芽；
意识到另一种关系和残废；
意识到春天即将来到，孩子在老；
意识到手在掏黄金，脚
踩着白银。

意识到瞬间，手风琴在改变未来；
童年，在悬挂的衣架上吹风。
意识到北方在黑；人们
在模仿甲骨文和其他古代符号。

写于2005年1月23日，郑州

黄金分割

那么，好，来，一起做这场实验：
把酒杯放在酒精灯上，把刀
放在火焰的三分之一处。看，
那些晶片，是不是酒杯的内脏；
那陈旧的酒席，是不是被酒精焚烧？

然后进入城市中心，去焚城市的内脏；
那些彻夜闪亮的星星，吞食着巨大的月亮。
在天与地的三分之二处，大片的村庄
不停地嘶叫——在这痛不欲生的时刻，
一个打铁的孩子逼近他们：

"放下它们——刀，酒杯，和火！
看看这些灰烬，多像父亲的骨灰，
多像城市的粉末，和煤矿下的尸骸。
放下它们——把它们放到我的腿上来！
来，在春天的颈腭，继续作黄金分割！"

写于2005年1月24日，郑州

芦苇花

十月,蟹肥膏满。这里
是候鸟越冬的栖息地,湿地上
一簇簇芦苇摇着灰白的头——正是
放花时候,叶子开始由绿变黄。

为了食欲,人们结伴到来,
看不到大雁,听不到雁鸣。
严冬,芦苇们支着焦黄的身体;
花,被风吹落——它们

一边颤抖,一边看着雁们
啄食自己的根茎。"雁鸣湖——
黄河,湿地,地球的肺,
我的怀,雁孩。"

写于 2005 年 2 月 19 日,郑州

告 别

有些鸟儿不会说话,看,它们困在笼里,
发着只属于自己的声音。它们绿绿的,
像我将要去的一个地方,那个圆滑的剧情。

它们歌唱着和平,却羞于说出:阳光,桃花……
那些金鱼还在水里游览观光——看,
火,在水里燃烧。那两只鸟儿
还闭着沉沉的眼睛——

"到广场上去吧,你看,那么多人
在放着春天的风筝……"

誓言也该歇息了。天空还在蓝,像我故乡的水,像
曾经的一双眼睛。
火,经过了我的水,经过了那两只鹦鹉的眼睛。
我没再继续哀伤,却继续卑微的言行:

"所有需要原谅的,都是不能原谅的。"
那么,我就是其中的胜利者。
我一个人,站到广场中心,去放风筝。

写于 2005 年 3 月 26 日,郑州

黑森林

又到夏天。茂密的黑森林
消灭了一些花蝴蝶，滋生了
一批批古怪的蛾子。黑森林
越来越黑，至现在为止，它像一座山洞。
在这里面，居住着成批的黑蝙蝠，夜晚
它们竞相飞离，像一个个离家出走的孩子。

我藏到森林的最深处，去追赶那些不听话的野物，
丛丛的野花在我身上争相开放。我说：
你们别再开了，我疼……
它们不听话，继续开放着黑黑的、细细的花朵……

写于 2005 年 5 月 31 日，郑州

艾丽西娅

今夜,艾丽西娅走过我的浴巾,
到我的体中——在我体中,有一个凡尔赛,
我年轻英俊的查尔斯
经常惹我生气。"卡罗琳,你决不应该
做我的妻子——"

艾丽西娅,你知道我为什么来吧?
艾丽西娅,你知道我为什么患病吧?
艾丽西娅,你来到威尼斯的时候这里正阳光明媚,
我正寻找我年轻英俊的丈夫查尔斯——

但是,明天,一切都会解决了。
我们幸福地完婚——
半小时内,我既要做新娘,又要做收尸者。
我的查尔斯再不愿意回来——
"我要承诺的是荣誉,而不是爱情!"

艾丽西娅,今夜雷声啸过,在我体中
你沉沉睡去,做了一个世界上最美的梦——
艾丽西娅,在罪中
你的美丽毫无天分,我们的父母

为此焦灼不安。母亲死后，你成为我的母亲，
我的查尔斯，却与你同登殿堂——

艾丽西娅走进我的身体，在我的浴巾上
画着盲人的符号：森林，花园，海水……

暴雨袭击着我的窗棂。恶劣的扑打声
悬挂在我的米兰。我们离开凡尔赛，只是
为了宣布草地的位置——多年以后，它像星座一样
射出刺眼的光芒，提醒我
必须记住艾丽西娅——我最亲爱的姐姐——艾丽西娅。

写于2005年6月21日凌晨，郑州

新疆生活片断

一

从山的这一边翻过去,旅行者又跌倒了。
苜蓿地一望无际。面朝天空。

未来的冬不拉
送来奇异的误会和盛开的雪莲
——行者和鬼,以及羊群
都在美丽的戈壁上种草。

二

他们又在讲述戈壁的原形,这片荒芜的土地
蓄意追求天山的雪莲。我无从

登上最高峰眺望——那枯燥的苜蓿地
在我的陵园慢慢流失。

三

我说:回家。

他们说：喀纳斯的湖怪正倚天而来……

天依着我的身体发蓝，蓝过我梦中的海洋。
所以我默默怀念海——

四

昨夜，我去了喀纳斯湖和塔里木盆地，
看见了我的女儿——她正准备
慢慢地
一点一滴地
嫁给蔚蓝的海……

五

2005年的第二场雪来了。

孔雀该飞向雪的出口处了——那些
经过了石匠雕琢的、处心积虑的代言

如思考和真理。

六

我孔雀般飞翔，缝补天空中破碎的羽毛。

雪盖住了太阳,河流盖住了雪。
天山的雪莲
在世界的中央盛开。

写于 2005 年 11 月 1 日 -18 日,乌鲁木齐

重 生

从这里开始,人们又忘了重生的起跑线,
那里需要马匹,锦缎,菜场,和水。
明亮的阳光关怀着人们,忘了
要有风和雨,他们才可以那样旋转——
将鲜花顶在头颅上,将幸福的嘴张开。

人们忘了虚度的光阴,曾使黑暗更黑的麻木
还在席卷城市和村庄。远方的森林
还亮着先人的磷火——我们共有的星星
曾经在战场奔跑。光明,整宿的光明
正在人们的怀里漾开,一波一波的,像水。

这是人们需要的水。还有路,田野和山峰。
马匹经过我们的战场,经过我们需要的幸福,
经过五颜六色的孩子们,经过天空和云。
我们经过人们,捧着锦缎和菜场,占有了
鲜花和光明——是的,一定要占有。

这是我们重生的起跑线。我们不同于人们。
水是需要的。星星和月亮也是需要的。
我们还需要比人们更多的东西:声音,舞蹈,以及

那修复而来的光明。那是无数宿的光明正在怀中发芽,重生,进入生活——

写于 2005 年 11 月 29 日,乌鲁木齐

朱 安

没有古道,但有祠堂。
朱安
红衣度二十,绿衣度四十。

中年过后,她穿上紫衣,晚年
她穿灰衣。

无声的爆竹声嘶力竭。
北京的天空
与绍兴无异,只是
多了一棵丁香树。

古道不见,但见书房。
朱安
看蜗牛,看丁香花开
又花落。

写于 2005 年 12 月 27 日,郑州

2006 辑

绞股蓝

他当黏附于绞股蓝的皱纹
只是春天的一个禁忌,它离开翠绿的田野,
离开母体,垂挂在一杯水中,
像一只只温驯的小野兽,
在大自然中蠢蠢欲动。
人们听不清来自杯中的回响,
以及绞股蓝舒展肢体的玄秘。
皱纹蜷曲起来——
它们藐视着一路绽放的桃花、梨花,
藐视着一个个归来的流浪者:
一件件漂白的衣衫,垂挂在水杯的边缘,
沿着皱纹指引的路,巡礼、膜拜。

他见那个人慢慢地放下杯子,
喉结随着水的倒流滚动。
"欢乐居的人们拥有车、洋房与女人……"
他瞟着墙上的一幅油画,一边指着自己
开怀大笑起来。这绞股蓝
又名七叶胆、五爪龙、天堂草、甘茶蔓,
它的福音遍地生根。但是,这些蜷曲的小兽
将摧毁人们对花朵的向往,将

把梦中的人群关闭起来,覆盖我们的月亮,
看,就连春天都要放弃春天……
"今天,她正壮志凌云,从黄山上下来,
再来到这个海滨小城,打探海的路。"

写于 2006 年 4 月 8 日,郑州

三月三

那时，郑州市像一个气球，
飘飞在千里之外，没有一点声音。
我伴随着村庄的寂静
徒步在风筝的轴线上，像一个老妪，
腰酸背疼，两眼昏花。
那时，天色微醺。人们微醺。
我的村庄已经睡了。在一个昏黄的小屋，
我拿出镜子，想照照郑州：
2006年3月31日。星期五。三月三。
夜晚。郑州城只剩下这些人。

谁都不知演出是如何开始的，但据说
人们分路而走。是的，夜间的高速公路
总是像开衩的旗袍，无意间
透露给人们青嫩的春天，那些人
就在这里快乐地奔跑，说这就叫乘风破浪。
我从镜中望去，那条路
像一个瘦削的纤夫，拉着沉重的风筝。
但是，几日后，据说
那些乘风破浪的人
卷起了暧昧的速度与呼啸声，

像卷起铺盖般干脆利索,悄无声息。

写于2006年4月8日,郑州

凫

凫。这个
富有弹性和色彩的动作,缠绕着
初夏的妖娆与丰盈。看看,我们的苇丛多么安静,
我们的水多么安静。此起彼伏的鸟儿的演奏声
正从水面游将而来,轻轻地,轻轻地——

在此之后,苇丛中
凌乱的、秩序的
一点叫声,一些呼声,以及
一阵阵从绿丛中跳将过来的訇訇声,
浅浅地,勾出柳树的魂。我们都相信:

苇动了。苇在被风吹动。水
也动了,水在被鸟儿划动——
轻轻地,轻轻地,像慢慢剥开
　　一个远在天涯的人……

写于 2006 年 5 月 27 日,郑州

麦香从那一边来

麦香从那一边来，丰满的穗
倒在树影的怀里，像一个个
健康，一个个成熟。

阳光从瓜地游荡过来，悠悠的，
任凭这群人瞎等——等
那一路酣畅淋漓，将
风中的人笼罩，然后
任凭他们
倒在麦的怀里——瞎笑。

写于 2006 年 5 月 27 日，郑州

太 阳

太阳到哪儿去了？
太阳还在我的袖管里，还是苹果一样
窝藏在那里，从来不分昼夜地
照亮我的袖管。
太阳一个在左，一个在右；一个在东，一个在西。
九月，树梢儿快黄了的时候，太阳
就到北方度假去了。

即便在那时候，太阳也没忘记到我的袖管做客，
核桃一样，会时不时挤疼我的肌肤。
而我看不见它的模样。
疼，是不是就是一只簸箕，能把这枚核桃装在里头，
然后将它一簸一簸地，将太阳的光簸出来？

写于 2006 年 9 月 4 日，海盐

蓝体世界

那些推门而入的生意,此时正抬着头,
它们憔悴,彷徨,如一只只失败的狗,
蹲在门的角落里。

是呵,全世界都在做着忧虑生意,
耶胡达·阿米亥在做,他们也做,生意的本身也在做。

天空蓝如大海,大海蓝如人们的身体,
人们的身体
蓝如那些无精打采的生意,如那扇透明的门,
忧郁,不可自拔。

写于2006年9月16日,海盐

我愿意

我愿意在马路上预备晚餐,
为了这个秋天能够顺利进行,我必须披上婚纱和鲜花。
我戴上冬天的手套,围上冬天的围巾,
于是,冬天真的来了。我预先进入了荒凉,
为荒凉做着温暖的准备。我愿意
以一颗虚无的心
为曾经的三十个秋天作富丽的饯行。

写于 2006 年 11 月 22 日,海盐

雪绒花

夜
又躲到了人群的袖筒里,
它要睡。
它含着泪,一边聆听着窗内的歌声。
那一曲《雪绒花》,
温暖了天山的冰雪,却未将它们融化。

那就当
是广寒宫里不慎演出的一幕喜剧,
当是梦中不慎遇见了我的新郎。

当时光成为过去,一江春水
湿了花的枕。

写于 2006 年 12 月 20 日,海盐

2007辑

好时光

好时光真的不多了,所以
要趁着年轻的时候
多做一些力所能及的事:
比如多吃饭,多睡觉,还要
多谈恋爱。春光很快又要到来,我要
骑着梦中的小白马
飞向脚尖与发梢;要驾着亲爱的小马车
奔向未来的小屋,那里有昏黄的灯光,有小桥流水。

我要在这稀少的好时光里
好好享用自己的肉体、孤独与忧伤;
快乐,是好时光里忌讳的季节,
我要躲开人群,寻找秘密的女儿。

写于 2007 年 1 月 6 日

众旖弃阕

众旖弃阕。

这个从梦中取出的词语
连接了两个不同的冬天。它紧靠着春天的栅栏
畅想一切过去。

感恩
连接了两个冬天不同的命运,将一切雪融化。
冬天不再像冬天。这方水土
不落一片雪。

后记:一个很平常的夜晚,做了一个很奇特的梦,梦里出现了标题上的这个词语,多少年后想起依然不可思议。

写于 2007 年 1 月 29 日,海盐

计 划

一些飘零的叶子又在撺掇太阳，
它们要冬天不冷，要水不结冰，天不下雪。
它们要用自己的身体代替雪的降临，
将急着回家的人们深深覆盖。

这是一个与往年一样的冬天，
雪还在千里之外。春天近在咫尺。
暖水沟聚集了成千上万的小鱼，
它们撺掇水的清澈，以及水的温度。

它们像一场冬天的雪，寒冷了人们少有的希望。
但是，春天还是要来，阳光要继续普照。
没有人相信谁会改变鱼儿的计划，
就像没有人再相信爱情。

它们如胶似漆的生活
被春光无尽地泄露——在去往春天的路上，我看见
人们偷偷地把东南西北藏到袖管里，久久地
不肯掏出来——

写于 2007 年 1 月 29 日，海盐

午后，海面上升起了我

午后，海面上升起了我，
海水混浊，有力，将我轻轻地托起。

我像太阳，像月亮，像海市蜃楼。
我像完美的我，在海面上进行完整的童话——

我的安徒生，正在海的另一面幸福生活，
让我向往，让我对成长心灰意冷。

让我与鱼鳞塘和岩石结为兄妹，
以及夫妻。

写于 2007 年 2 月 6 日，海盐

花 房

不要记住这个春天,花朵颓废的二月,
天空还一片苍白。
不要记住这个春天的声响,
它不寂静。

要在花朵的睡眠与舞蹈里彻底将蕾切尔·卡逊忘掉。
当人们还在梦中喘息,
风却呜啦呜啦地,已经穿上开衩的旗袍——
这多像皇帝的新装——

花房内外,没有一丝哭声。人们看到
路边那位卖弄风姿的姑娘也穿着旗袍,
她把鲜花供奉了起来——花儿蔫了,带着春天的憔悴;
花儿从花房里出生,从此
就要在路边糜烂,然后慢慢消失。

没有一个人能记住那个姑娘的脸,它毫无特点,白得
没有一粒雀斑。

写于2007年2月23日,海盐

慢慢地

慢慢地，我被一滴水说服，然后被它说穿：
它眺望了我的终身，在还没有出生的时候，
我悬挂在一根灯绳上，用一丁点微弱的火光
将自己的门口照亮。

慢慢地，我被那根灯绳说服，然后说明：
过了这一年，我的周身遍布感情，
它们的一半是忧伤，一半是快乐。

今天，我去三乐堂前膜拜，一不小心
弄灭了那盏灯火。

写于 2007 年 2 月 27 日，海盐

大　桥

那些林立的麦苗上，一片虚空的阳光。
大桥繁衍了许多醉鬼的身影，
它们厌恶地注视着我们：
人，人，人……
无数的人在人群中种植，生产，
他们在大桥上睡觉，垦荒。

大桥映照了我的晚年生活，它像桥下的夕阳
点缀着单薄而无人问津的人生。
油菜花跟着夕阳黄起来，
它们随着醉鬼的脚步跟跄而行，
撞碎了许多完整的人——

那些短命的、该挨千刀的稻草人，
此时多么像人，人群中的人躁动不安起来：
人，人，人……
"大桥下的人和大桥上的人都长得一样……"

写于 2007 年 3 月 11 日，海盐

海水又上涨了

亲爱的,海水又上涨了,
海面上的浮标在动荡,而白鹭不见了。
还有那些黑黑的岩石,也不知去了何方。
如果我是海中一条最微小的鱼,
定要攀依于这些——浮标或岩石
都可以止住我的漂泊,我的游荡。

春节过后,海水一直倒映着岸上的花朵,
无论它们开放还是衰落,它一直拥护着它们
——而海水混浊,它的体温
最多只能支撑一朵鲜花的幻想。所以:

亲爱的,当海水漂向远方,到东海中去,
那条微小的小鱼便又面临危机。
浮标是那么软,岩石那么硬,这都不适合攀附。
所以,亲爱的,我们要做好准备,准备好
抵抗飓风与骇浪,并学会用海水煮饭,洗衣。

要习惯这样的生活,并坚定于这样的生活。
杭州湾的春天不提供沙滩与游戏,所以,
我们要控制海水上涨的速度与高度,不能让它把所有物体都无情地淹没。

写于 2007 年 4 月 14 日,海盐

我该替它说什么

我该替它说什么，局部或者全部，或者虚无；
小岛时常传来风声，但它缺水——
我是不是要替它说说女人，或者男人；
或者，井里的一块沉砖，那个长满苔藓的井口？

不过，浪还打不着我们，青山
隔开了人们与海的对视与渴望。那么，
我是不是要替它说说失明，或者聋哑和炎症，
让这个本来绚丽的夏天充满黑暗，或者白光？

或者替它说说无奈。危险。欲。或者指望。
或者，窗外的陌生人的无休止的对话，以及
夜市上传来的喝彩声——它们
都要一一终止诅咒。

或者，该替它说说沧桑，以及怀念的永生，
并告诉它：大海不需要流光溢彩，更不需要香水。
或者，该替它说说一个笔筒，若干画笔，和
几块画布。还有，桅杆上的几只小鸟，半轮朝阳。

写于2007年5月14日，浙江玉环

立秋后

立秋后,道路还没有金黄,楼房像一个个海螺
不小心被风吹响,发出呜呜的声音。
在这些声音中,沾满了夏季余留的汗水,
人们背着它们艰难地行进,向着遥远的梦想。

议论停了下来。不停的是那双黑黑的脚,
一再地被荆棘包围——这个人,这个遥远的人
又要奔向遥远的地方了。为了苍凉,为了老去。

为了早一日踏到茫茫人海之外,他走了。
他起程了。
他背起了行囊。
他向着机场。
他离开了我们。

他离开了海盐。在茫茫人海之外,也有风,
风吹响了南方的楼房,发出叮铃当啷的响声,
像女儿床前风铃,像走出遥远之后的遥远。

谁也看不清路;看不清黎明;看不清自己漆黑的脚。
那里有新一轮的议论。

人们言说着急促的夏天,夏天,就像他一样地走了。

然后是立秋。
然后是他真的走了。带着背后从来没有的目光。

写于 2007 年 8 月 14 日,海盐武原

巢

我不能说出的,是梧桐树杈间的这个鸟巢,
它眺望我许久,终于对我凝望——
有人走了一遍又一遍,也还没有熟悉这条路:
两边是高高的法桐,不远处有个十字路口,
路边有人行道,人行道上有盲道;
过了十字路口,有一座高楼,名为专家楼。

在这个炎热的立秋时节,也就只有鸟巢
能够眺望到那座楼,它白色,高层,几何形;
楼下有月亮、南门广场,不远处
还有白地的家,以及干净的地板、潦草的生活。
许多三轮车和果摊停在楼下,
为了生活,他们四处吆喝,招揽生意。

这个家的不远处有海,
海水总是在退和涨,海边有海滨公园,有乱石堆,
石堆里有小螃蟹——暮晚,可以抓些回去,
经过梧桐树,返回家里,将它们放养在玻璃缸里。
这是一个令人心安的季节:
台风还没有真正到来;天还凉快;巢很安全。
半个月亮还爬在海之上,在它的四周

云彩幽深,灯火通明。

写于2007年8月21日,海盐武原

傍晚的葡萄地

"如果这枝草能挽救我的命运,
我就放下收割的欲望。"

她从葡萄地里站起来,望了望我,
然后望了望葡萄地上的天空:
几只蝴蝶在寂寞地飞舞,
阳光和白云去大海边玩了,
风的歌舞声传出了千里之外,
紫色的葡萄悬挂在枝头,
它们饱满晶亮,等待着采摘与出售。

而天空中有那么多白光刺痛着眼睛,
她眯起眼睛——
傍晚,那件粉红的旧裙在绿草间摇摆,
左手里的篮子和右手上的镰刀
如头上扎的两个小辫子,一大一小,一正一歪。
我向她笑笑,她望着我发呆,
像一只被人逮住的蜻蜓,惊恐不安。

这个 6 岁的小女孩面色苍白。
她是母亲的邻居。

她站在傍晚的葡萄地里,
一边割草,一边站起来望望过路的行人。
行人中有和她同龄的孩子们,也有少年;
有她的父母和她的奶奶,也有她的邻居
以及我。

写于2007年8月25日,海盐武原

9月2日的这场秋雨

我忘了去年秋天的雨,那场夺去我的石榴树的雨
今天又来了。
开始时,它站在海边,看我们捉蟹,玩耍;
后来,它转到城市的中心,预测人们的干渴度;
然后,它打了个回旋儿,到我的上空,开始噼里啪啦地下
　起来。

它毫无顾忌。下。继续下。
今年,我把我的石榴树藏好了,不会再被它找到。
所以,我很安全。我们很安全。
在海滨广斥的盐田之上,该洁白的一切还是洁白着,
石榴花还在秘密的地方红火着。

没有人知道,在余下的时日里,这场雨还能在饥饿中
坚持多久。天空,也是那么洁白。
没有人与它对话。没有一个晒盐者喜欢它。
我们一如既往地捉蟹,玩耍,像在春天放风筝那样
不倦地期待梦的实现。

写于2007年9月2日,海盐武原

止　欲

总是要记住一些日子的，比如
在没有钱买蜡烛的日子里去天宁寺，
那里总是莲花盛开，水面上飘荡着寺庙的香烟，
韦陀不接待外来的香客，
我就只有四处流浪。
而那琉璃瓦正在接待这个九月的雨，
风正一点一点地冰冷，我瑟缩在佛祖的身旁，不敢
咳嗽一声。
供桌上有面包和水果，还有新时代的其他供品，
千佛阁里的一千尊佛像都待在暖暖的供房里，
它们像新世纪的婴儿，却一个个很乖，从不啼哭。
他们都好像睡了，睡得很香很甜。
然而，我饿了。我累了。我就要哭了。
我像一个刚出世的婴儿。
我向那张供桌伸出了稚嫩和可爱的小手。
我的双眼死死盯住那一个个温暖的供房。
我替亲爱的佛祖接纳了可怜的众僧和求佛者，
我把他们的悲苦收藏到今晚的梦魇里，紧接着
替他们安慰自己——仅仅
为了保佑自己能得到一片面包或半只水果，

或者，一个温暖的小屋。

写于 2007 年 9 月 2 日，海盐武原

在海边

今天,我要热烈地想念一个人,让许久未来的感觉
在今天试验一遍:要把他想象成一只海螺,
在海边,英俊而羞涩,严肃而温暖;
他仔细地测量了海岸,又测量了自己的脚印;
他计算了走完这条海岸线大概需要多少步,然后
小心翼翼地靠近我:
我还在留恋大海的腥味,他的花纹
早已夺去我梦中的蝴蝶——
我从来没计算过我与大海的距离,所以毫无准备。
但是,我有防备。即使这种防备即将坍塌,
也要装得跟真的一样。

我早已比他走慢了十步,百步,千步……
大海之上,海鸥在自由地飞,白云正在蓝天下飘,
我如大海之中的小跳虾,让海水捉摸不定。
我的自由证明了盐田洁白的历史,
而风还在吹,雨又要来,这些无畏的风雨
证明了他的存在。他在追。他在追赶中回避。
岁月,野蛮地横在被他测量过的足中央,
使他慢了下来……渐渐地,也被我追上,被我赶上——
在海边,我们散漫地哭和笑,分不清谁是谁。

他像极了一只年轻的海螺,时不时发出深邃的声音,激荡起少女的梦林,一片,一片,又一片……

写于 2007 年 9 月 22 日,海盐武原

无处可逃

没有人能抗拒这紊乱的生活的真实性，
在这座小城的出口
那些疯狂而来的薰衣草味
迷醉了人们数天的生活：阳光下，尚未开放的纯洁
还躺在安静的地面上，它久久不能说明现在的生活。
高傲或孤僻。或迷失。
当最后一声低吼
践踏了这个风和日丽的早晨，
天气决定重新消失，从万丈迷雾中
奔向更高的尖锐——呼叫，是那顷刻间愈合的奔忙，
它和生存紧紧关联。

写于2007年11月15日，海盐

三 日

多年没有这样真实了,真实得令人怀疑:
它们最深处的虚假炫耀着过去的遗体,
在光芒照射处,我们聊天,一起吃饭,
仿佛尘封的世界突然裂开了一个小口,
专门陈放我们的身躯——
现在,你终于知道,生命的渺小与合理
是从往事中揪出来的小偷,它们偷走愿望与真实后,
就躲到了一个不为人知的地方,并
独自享用起了未来,像一个个小无赖。

而我们不能对它们存在非议。
我们曾把世界的活物都喜欢了一遍,现在
要鼓起勇气,把它们重新喜欢一遍——
包括这些小偷,小偷的唆使者。
这三日,我们都已看清了对方的面目,
看不清的,只是还没有被世界生产出来的那一部分。
所以,无须顾虑即将到来的冬天是否有温暖,
只要我们居住的这座城市还活着,
就不必担心生活费,以及婚期。

写于 2007 年 11 月 26 日,海盐武原

2008 辑

在这个华丽的春天

我承认这个春天的安排很好,没有一只蜜蜂和蝴蝶。
百花丛中,人群向我点头微笑,
而有一些人、一些曾经伸手的人正在纷纷逃去——
从春天的罅隙中,从我的手指缝里,从
不计其数的凌晨中,以及漫无边际的黎明里。
重度失眠,意味着我在行进:向这个烂醉如泥的春天。

就这样一个华丽的春天,它罚去了那个人的道歉,
"尊严,不是从这里开始获得。"
窗外的垃圾车又要开始启动了,它咔嚓咔嚓的声音
将再度剥夺我的美梦。我不计较。我向它敬礼。
树上的鸟儿将在它身边陪唱到天明,
我也作陪,并搬来了水果与筷子,去代替那个人。

写于 2008 年 4 月 20 日,杭州

水

> 走到没路的地方，就搭车回家。
> ——阿九

如果它不停地流淌，并能保留夜晚，
就让它不停地走，走到没路的地方，就搭车回家。
如果夜晚真的不再停息，
就让它做一个妖媚的水鬼，去紧紧纠缠
那些被流水遗忘的人——比如春天，春天的四肢。
让春天的一切落在膝盖上，在那上面跳舞，歌唱
——任凭风吹雨打。

写于 2008 年 5 月 1 日，杭州

春天与觉醒

我频繁地降临在这个世界，在繁花盛开的季节
膨胀，发酵。早早抽芽的柳
如今绿得糜烂，令我的身体慌张，无处安放。

这停不住的脚步
开始不知所措。我寻找来一个临时的爱人
为我戴花、引路、熬粥、煎药，为我去除身上的高贵。

写于 2008 年 5 月 1 日，杭州

悬　崖

欣赏完了那些做派，我躲到了安静的住处，
坐着看画中的一座悬崖：那上边生长着万年的野草，
松柏正在萎缩；成群的鹰脱落着曾经光泽的羽毛，
猎人遗失的枪还埋在山缝里。看呵，我的
美丽的少女正俯望这万丈深渊——亲爱的，是谁
让你来到了这里——你可是从我心窝中
纵身跃出的小妖精，要替代我完成一生的坚强！

是谁让紫色的云彩不见了？这阴郁了许久的鬼天气
淹没了一个又一个曾经与我亲近的人。曾经
亲爱的人们，就此，从悬崖的一头消失到另一头，
慢慢地遗失，慢慢地被悬崖的裂缝和野草掩盖。
我无声地陪老鹰哭泣，坐在这里，仿佛
世界不见了。仿佛野草不见了。仿佛老鹰和羽毛不见了。
仿佛悬崖不见了。仿佛画不见了。仿佛神不见了。

写于 2008 年 6 月 22 日，杭州

转 身

对于改变,你充满愤懑。先进与不先进的关系
只由于机器的性能,飞速旋转的履带
之所以残破,是因为它飞速旋转。
我说这是矛盾的:首先,机器只是机器,它
并不具备任何性能;其次,履带只是履带,
它本不能旋转。那些从流水线上不断产生出来的产品
却不只是产品,它包括对你的重复审问和质疑。

在这个噪音与噪音碰撞的世界上,转身
就是安静的世界,那里有湖泊与树林,有
水鸟与鱼。大自然永远充满奇异与玄幻的色彩,
它却从来不会惊讶于你的惊讶,唯独惊讶于
机器和履带的关联:它们是冲突的,它们是危险重重的;
它们是嚣张的,但为何,它们没有愤懑?当你
重新转身,眼前的一切依然毫无改变。你依然愤懑。

写于 2008 年 6 月 23 日,杭州

2010 辑

杭 州

慢慢地,杭州越来越软了,
它像一块绿色的透明的橡皮泥,渐渐地
粘贴在沉寂了多年的心脏上,使我年轻、孩子化,
使我像一只腾飞的鸟儿,能看到树梢的光线。
于是,在铁轨的声音中,我经常梦见自己的幸福,
它一点都不遥远,就这样
安静地垂挂枕边,听我呼吸,闻我的气味。

第二天,那些在冬天不显眼的花儿
会在杭州的公园里等待人们上班、下班,
它静静地凝望即将过去的青春,用
最后的颜色照顾他们的感受——有一些孩子
在它身边站了会儿又离开了,杭州
就突然在这些紫红的花朵里睡着了——
很香。很甜蜜。像我的下一个童年。

写于 2010 年 1 月 5 日,杭州

路 口

路口从来没歇停过。人群在这里
来来去去,仿佛与它并无关系。
一个西装笔挺的年轻人
捧着盒饭,坐在路口的一旁吃着:
饭,没有一点热气;他身边的旅行箱
遮挡住了一小点北风。

地图还散落在怀里,差点把黄色的西装
给弄皱了。冬天还是蛮冷的,看,又有北风吹来了——
他突然像个流浪的孤儿,很无辜地哆嗦了一下;
他抬了下头,望了一眼风,然后
继续默默地吃手中的饭。

这段时间,这条街上
暂时还没有乞丐,他可以不用担忧别人的骚扰。
他不必担忧马路的拥挤与危险。
盒中的饭一点一点地少去时,他或许
还能大胆地想一下今晚的住宿或明天的工作。

写于 2010 年 1 月 9 日,杭州

大　路

我们一路背着阳光返回，从这头到那头
完全遗忘了鲜花与银杏。那些成熟的小麦
在身边兴奋地奔跑，它们摇着头
随风嘲笑无知的人们，而饱满的油菜穗
此时坚挺而修长，在田野中，被我的神情
吓坏了。

我从高速上看到自己的母亲
正与大门口的两个摩托车上的年轻男子说话，
其中一个是我的哥哥，一位是我家的亲戚。
他们没有一个人能看见我，所以
我躲过了一场关爱。我们
在车道的盛情中一路前行，沉醉得
如同那个未被抱回的熊娃娃。

写于 2010 年 5 月 30 日，杭州

累了,就站在窗口凝望一会儿

累了,就站在窗口凝望一会儿。楼下
一个满身刺青的外国人挥舞长剑,他
系着红腰带,束着长发,神情专注;两个女孩
正和一只洁白的小狗玩耍,旁若无人;一个垃圾工人
在那料理着垃圾箱,同样专注,且面带微笑。

门口,零零星星地来往着几个人,
有的提着蔬菜,有的提着西瓜,有的骑着自行车。
那两个门卫还是一如既往地坐在那把小椅子上,
相互聊着天,时而传来笑声。

他们真的很忙碌。他们忙得
几乎无法让我热爱生活。我努力地
管住嗓门,努力地不发出声音——
任凭胸痛,喑哑,眼睛干涩……大街上的他们
根本区分不出是谁、有多高、男的女的,也见不到
是谁把世界弄绿了是谁把世界弄白了……

我弄不明白他们究竟在忙碌什么。现在
想得有点累了。是真的。我就再在窗口凝望一会儿。

写于 2010 年 9 月 20 日,苏州

道前街

下午。我到达这里。因为这场不应该的迟到
银杏整个身子都成了黄色,有的叶子
干脆掉了下来,被行人踩踏。
我无法阐释这个罪过,就停下来,看着许多人
正对着它们拍照,于是,也假惺惺地
拍了一些:树。树枝。树叶。以及树的旁生物。

是的。我拍下了它们现在的样子。寒冬就要来了。
我无法为它们准备那么大的一床棉被。很快
它们就要光着身子了——如果
冬天能有雪,雪能遮盖这些即将光秃的枝条,兴许
一切都会好些。我的内心
也会好些。如这下午的太阳,明媚些,光鲜一些。

后来,我被两个姑娘深深吸引。我为她们拍照。
我努力让她们做银杏的恋人,从此让它不孤单些。
就要傍晚了,下班的人越来越多。那些凋落的叶子
在人行道上发出嗖嗖的响声,像夜晚的我
在棉被里翻身的声音。此刻,我看到
这一整排的银杏树黄得更厉害了。它们的身体在膨胀。

我紧张了好一阵子。以为犯下了更大的错误。
我循着那两位姑娘的身影
观察了旁边的那条小河——有倒影正在里面玩耍,全然
不顾我的存在。不远处,公交站台翘着檐角,与路灯
相映成趣。银杏叶儿散落在它们中间,像一个
透明的襁褓——天空是它美丽的婴儿。

写于 2010 年 11 月 18 日,苏州

2011 辑

那天下雨

那天下雨。早晨,我路过一个家居店,看到
一位青年男子正在铺着地毯。那鲜红的地毯
从门口延伸至门外的台阶下,柔顺,服帖。
男子把手放在地毯的上面,将稍有凹凸的地方
轻轻抚平。然后他站起来,从左边望到右边,又
从前边望到后边。然后,他又蹲下来,用双手
扯住地毯的一端,轻轻地拉了一下:
这下,这块地毯没有一点倾斜了,也没有
一点不平整的地方了——它就像一个体贴的女人
安静、乖巧地躺在湿漉漉的地面上。

雨自上而下,微小又细密,人们的脚底是那么湿滑,
他们从地毯上经过时,都很自然地去蹭了蹭脚底。
地毯一如既往地红着,像早就习惯了这样的事情。
男子望着这些脚步,轻轻地笑了笑,就进门了。
此时,我乘坐的公交车又开始启动了。车窗上
雨水顺着玻璃落下来,弄花了外边的红地毯……
傍晚,我又路过这里,看见那位男子
正卷起地毯往门里走去。他横抱着它进去,像
抱着一个女人。外面还在下雨,他的店内灯火灿烂,

沙发旁有插着干花的瓶子。这很像一个温暖的家。

写于 2011 年 4 月 9 日,苏州

决 定

一条河流,说流淌就流淌了。流淌到一些地方
淹没了生来低矮的树。还有草,那些无力的小草
此时遭受了水的冲击,愈发体力不支了。
这看似平静的河流
原来比暴风雨来得厉害,不可阻挡。此时,天空
还露着宽容的微笑,它以为它给予了草和树以水
就是恩赐。

阳光一直没有出来。晚上,也没有月光。但
河流的表面一直闪着明亮的波光,它还在流淌。
小草备受浸泡,叶片里、肢体里,全都是水——
这就有关小草的性格,它本就弱不禁风,它本就
容易被渗透。河流
此时淋淋的,冒着夏天的热气。
天空还在微笑,看上去像教父。

写于 2011 年 6 月 23 日,苏州

夏天走了

一个云朵消失的早晨,莲花正在开放,雨
流畅地冲刷了大地的倒影和窗外的绿意,
我站在马路的边缘,仿佛正在自己的屋中:
世界没有任何声响,树也摘去了往日的蝉鸣。
此时,人们感觉有点冷了,风拂过的胳膊上
一小颗雨滴正在梦中休憩——
它多么安静多么透明,没有一点飘落的痕迹。
在这雨水经过的早晨,随风飘动的
不只是树梢,还有莲花的梦想。冷冷的风中
夏天走了,这是最近仅有的渴望——
若干日子后,天空没有高远,道路越来越长,
没人看到马路边的女子,也没人去幻想
女子的小屋。雨还在那样下,不大也不小,
它们不慌不忙地在行人的脚底消失,带着

鲜花盛开的残酷,和无人拥有的幸福。

写于 2011 年 8 月 24 日,苏州

眩　晕

眩晕，是这时期人们已经预见的毛病，
一秒钟内，突然让你忘了本身，以及理想。
音乐在耳边流浪，它像个被丢失的孩子
在人体上寻找家园。而夜空静得可以，
没有人再去留意它的颜色，是黑，或深蓝，
都不会影响休息。窗帘在飘动，窗口
风声哭着告别自己的遗体。

他离开了车站，离开了人群，趁着
音乐还有点颜色的时候，一个人先休息去了。

写于 2011 年 9 月 6 日，苏州

不见了

美妙的童话不见了。
问候不见了。
积极的追寻不见了。
秋日炽烈地照射人们,
紧接着,话语也不见了。
笑躲起来了。
温存的肩膀藏起来了。
高大的身影和承诺
随着秋风遗忘了。

偶尔,还有那么一点消息,
借助着鸟儿飞翔的痕迹
从西边飞向东边,中间
隔着一大片水,隔着
不知名的树木和大路。
庄严的梦不见了,
沉睡的甜蜜不见了,
童话里的人们还没有恋爱,
热烈就不见了。

遥远不见了。

近,也不见了。

写于 2011 年 9 月 15 日,苏州

2014—2015 辑

鲜花盛开的时候

鲜花盛开的时候,我们散步的田岸
一路延伸,看不到尽头。
这是一条没有人生的道路,只有
无数的幸福。

好像太阳从没来过,却有
光辉衬照美妙的脸颊。成群的美
出现这里,直到一只鸟儿飞过,
曾经站立的风景突然黯淡无声,
天边的那片白云漫无目的。

更清晰地看清幸福的原样的时候
我一如自己想象中无姿无色的模样,
原来这个季节从没有真正美丽过,
只不过是被我看到了鲜花盛开。

才知道,我们一起走过的那条路
是如此的一意孤行。

写于2014年7月3日,海盐

未 来

多年后,我没有了愤怒与忧伤,
独自坐在寂静的河流旁,看
鸭子嬉戏,翠鸟飞翔。

我偿清了所有的梦境,
把自己藏在温暖的被窝里,用手
慢慢捋脸上的皱纹。

我还像个十几岁的孩子,光着脚丫,
在熙攘的人群里学着跳舞;我有
美好的声音,但还是不会唱歌。

我遗忘了太阳的热烈,只记得
夜晚的星星有多明亮。未来,
我满怀敬畏奔跑在黑夜,
如同走在黎明和白昼。

写于 2015 年 2 月 12 日,海盐

埋　藏

我把我埋藏在花瓣里，
像埋一个日记本，简单、轻松，
从此从来没存在过，
只为了看一夜春雨，把眼睛
留在春天里。

春天把日子埋藏在柳树里，
它一点点发芽，变绿，
像女子等待一件新的衣裳。
鸟儿埋藏在万里白云里，
但它们还在一只只飞起。

太阳埋藏在早晨里，
早晨埋藏在深夜里。梦境
它随着我的颈部流淌在
软软的枕上，像亲密的爱人的
胳膊，可以纹丝不动。

岁月埋藏在时光里，
那一点一点的静美埋藏在
圆圆的碗里。一天天的米饭

埋藏在身体里,像春天
埋藏在满地满地的花瓣里……

写于2015年3月15日晨,海盐

春 明

除夕前一天,夜单薄而寂静,
它像一颗蓝莓,黑又有点发白。
道路上留下人们奔忙的痕迹
应该就是春天的呼唤,
尊敬的酒中,瞬间
又是心中的草。那茂密的生长
可以藏匿喜悦与希望——

今天,我们停下来,
有空看看自己,送出心中的神。
无人知道这宁静的甜蜜
如春天芳草的眷恋。低山
不能再低,阳光扯到山腰的一半
就开始暗下来;花开到一半
就停了下来;一棵树所以幸福,
是因为树上有四个鸟窝;
柳树刚落完旧叶,新芽已经满身,
此时你不给它拍照,就会
伤了她爱美的自尊。

屋里的风信子

随随便便就开出了岁月的静美，
她又紫又蓝，又明又暗，如幸福的夜。
走来走去的夜迷路也能走到天明，
天明就看见繁花安然，她正盛开，
看见自己的挺拔，一如看见
曾经和未来的良善，这是
人从额间放飞的感觉——
花在房中芳睡，人正安眠。

写于 2015 年春节，海盐

春　雨

我走进春雨里，如走进自己的房间里，
很多人种了柳树与花朵，
我不用自己栽培、修枝和浇水。

我不用担心它们不会发芽不开花，
雨水经过它们的身体，如
经过我的身体，我不用抚摸，它们
就可以把世界弄得红红绿绿。

我在春雨里，听着春天敲打房间
的节奏，如告诉我要去的地方。滴答
滴答的每一声，是人们的脚步。

我不用睁开眼睛，不用走路，
我无需要感受一生的悲苦，就可以
一步一步地走进阳光里，我把阳光
扶起来，它就可以帮我发芽，开花。

写于 2015 年 3 月 27 日，海盐

2017 辑

生日书

那几只鸟儿,从这个枝头到那个枝头,
从上到下,不停地跳,把树梢压弯了,
树都快不绿了。它们灰色,脖子上的白
白过了我今天的花儿。

我不承想今天是什么日子,也就
没去数花朵。鸟儿们就是这么跳着,好像
在数我的花儿。它们不争不抢,不慌不忙,
从这棵树到那棵树,过着出奇的好日子。

树还在摇,我正在过我的日子,花
正在瓶子里开,香味胜过昨天的味道,
可鸟儿却不见了,外面只有树,以及
树叶敲打的声音,脚丫子踩动树叶的声音。

我只愿这声音再小点,小到
能听见花朵睡去,那些夏风吹过的叶子
能轻轻笑出来,鸟儿度过了美好的晚上
就可以把这棵树上的苦统统吃掉。

好似梦想有了新的主人,能把自己

揣到窗角里,隐藏着,独自欢愉。
今天已经不多,明天还没来,我就等
能数出花儿的数量,然后把它们弄醒。

写于 2017 年 6 月 25 日 - 26 日,海盐

蚂　蚁

没人去想它，它过得很好；
我踩着它了，它也过得很好。反正
它也听不到我的笑，闻不着
人间的酸甜苦辣。

所以风吹着也没感觉有多凉快，
在这方巢穴里，幸福
是一直在发生的事情，比如
树叶子掉落了，猫咪叫了，
花瓣红了，那条长长远远的路
白了。

白路映黑了蚂蚁的全身，却黑不过
黑夜里的那些人：他们在白天
看过太多，就忘了自己的颜色，
本该是蓝的，有点
流水的亮光，带点鱼的游动。

我没去过夜空里，就不担心那些，
即使去过，那最多也就一回。
一回就够了，我已出来，站在

蚁背上，正好可以够得着阳光——
它温暖得发软，粉红色，没有手。

写于 2017 年 6 月 26 日，海盐

剧　院

在剧院，我取消了幻想。母亲
在身边坐着，满身皱纹。舞女
没有带来歌声，罗裙也布满裂纹。

我站在台下的中央，抬头望不见鸟儿飞翔
就会发慌。我看不到女孩的欢颜，就像
瓷器的底托，毛糙而不平整。

我看见荷叶起飞，夕阳里，
霞光晕染了湖水，像母亲的脸庞。我曾经幻想
多年以后，能替代母亲坐在轮椅上，看
四处的风景。

写于2017年9月26日，海盐

旅 行

走着走着,天就黑了,前方无数的光明
都让鸟儿给背走了。此刻
若无人和我说话,也一定享受幸福,
至于和谁一起生活,都不再重要。

最好就这样看阳光升起,去一个地方,
不用踮起脚尖,望见鸟儿回家,
它们背来别处的光明,衔在嘴里,让我
过有趣的生活——

无人介意
那是一场怎样的旅行,路上
飘满羽毛,美得
像冬天似的。

写于2017年9月26日,海盐

风　车

窗外，飘着无数彩色的小风车，它们
随风旋转，发出咕咕的声音。它们
把风声弄得很大，随即
把我脚底里仅有的那点温暖卷走了，
它们就那么随着风一卷一卷地转，
颜色都被日光侵蚀得发白了，
已经像个衰老的老头了，还是不肯停下来。

那些铲车、货车以及女人骂街的声音
都被这些声音覆盖了，然后
还飘来冬天的味道，苦淡、无味——
这些风车在风里找不到人生，
它们成天就是这样叫，嚣嚣的，
看上去天天忙碌得要命——一些人
天天在它们底下穿过，无处生活。

写于 2017 年 12 月 18 日，海盐

2018 辑

平 安

愿不被夏天的太阳晒伤,
冬水流去的地方能够远离;
愿春天一直都在,日暖花开,
能绿的树儿都绿起来。

愿早晨没有结冰,我在雾霭中沉睡,
柔软的每一寸棉被,都成为粉红的皮肤。
梦里,能看见蜜蜂的手放在花朵上,当我
起身,双脚可以带着花粉去找波浪。

愿能在夜里读字,
抬头不要见风雨纷纷,
流浪人从路灯下走过,
他精神饱满,面带微笑。

愿一步一步路经的土地都有名字,
能赋予桑槐我的愿望。
春天里,我静静醒来,
看满目生活,岁月华美。

愿没有曾经,最美的青春

从没有献给最不爱的人,
梦里的每一个童话都是真的,美好
美好得如同世间。

愿曾经的那些人都不在,他们
正一步步走远,我每一天的饱满
正在给予宽恕,为他们
找片草原,去放牧,行走。

写于 2018 年 2 月 7 日,海盐

走来的春天

被爱遗忘太久,现在
终于来到了春天里。
三月,夜里的花无数开放,
没有一朵是轻手轻脚的,她们
把这个春天弄得焦虑而忧愁,
那些浪漫的小蜜蜂
在白天里嗡嗡地,其中一只
就那么钻在花朵里,被花瓣紧紧地
包裹着,这一生再不能出来。

小树林里的二月兰
紫得凌乱不堪,我摇不动任何一株,
这些变异的油菜花
一颗花粉都抖搂不下来——
闻过太久,花儿早已没有了香味,
她们无须春水的照顾,仅仅
需要陪伴而已,她们的一辈子
就是躺在这地上,正如有些人
一辈子的生活只需要一张床。

这走来走去的春风

都在各种各样的时间里,这几天
每个下午我都思念夜晚,
我要等一朵花的绽放
覆盖所有的不满意。生活里
每一次的紧张都不是情人的出现,
而是母亲饶恕了夜晚,夜晚
却没有饶恕母亲。我等
春风美好,今夜美满,四月
来时,我已长成女子。

写于 2018 年 3 月 15 日,海盐

文溪坞

我又忘了带上花种,本来
要从这山坡上撒上去的,然后
就坐在一块青石台阶上,慢慢等夏天,
看那一山的格桑开放,
万千的蝴蝶追着花儿乱飞,好像
我并不在这里,从来不认识它们。

这一阶一阶的青石坐在天空的下面,
宛若不再的青春,手拉着古老的树,
喃喃地,直至长满青苔,
满坡的鲜花都会开口说了话,
还不能明白,那时光是没有形状的,
夏天的样子,其实就和它一样。

待山坞下青水映出阳光的影子,
最老的树在暮色中变得更老,
整座山坡的鲜花真的开放,
这场艳丽的旅行就带我们回到少年。
所以,下次,我一定要记得带上花种,
在这里,悄悄撒下。

写于 2018 年 4 月 5 日,海盐

南北湖记行

如果这山间有路,就是在松林之间
把晨光轻轻向左拉开,我们经过湖,
从右边走来,走向布满落叶的山径,
只为捡几颗松果,随后
把它们摆成花朵的形状,放在春天里。

此时,雾霭掉在了篱笆上。阳光软软的。
我们手拉手,从右边走到左边,
从不厌烦同一个结果。落叶穿过了
鸟儿飞过的时光,卧在身旁,
像很多只眼睛,帮我们找好了后面的路。

山中间有一只狗,和一个妇人,那天
帮她提过包拎过东西,她把感谢
塞满了我们的背包,微笑铺在石头路上。
山下,南北湖的余光照耀天空,好像
我们生来就该到这里。

写于2018年4月6日,海盐

清明·三苏坟

清明,好像一位老友的到访,
竹林在风中晃动,大地的绿从南至北,
我穿着旧衣,盯着看一个历史的谜,
好似这座坟冢就要长出花草,
我即将手捧古籍,假装
听得懂里面的话,做一个本分的女子。

行走久了,这个曾经停顿的地方
在落雨时节唯美如一件古代的衣裳,
那些拜谒,从未离开清柏和明柏
独自去远行——为了明日,我的孩子
能够懂得苍凉和沧桑,几千年后
还知道大江东去的地方。

自此,逝去也美好。黄河再无异声。
老友手端着酒来相敬,就好像
失散的少年重逢,在声声吟唱里
把一重重的天拉拢,把一句句的诗词
从北至南,读一遍,千万遍。然后回首
便是那苍茫众生,在花下端坐。

写于 2018 年 4 月 6 日,海盐

城 河

你美好而优秀，就这样
走过人间悲喜，河边
这么多老树，一到春天
还总会发出新芽，沧桑的惠济桥
此刻还不足够老，看
在水的倒影里，还年轻而青绿。

这些水从春天里流出来，
崭新如对一个人的想念，
那么多影子都能在里面自由玩耍，
好像夏不会热，冬不会凉。
植物们此刻不说话，它们
走在里面，如走在漫漫余生里。

写于 2018 年 5 月 1 日，海盐

从街角望过去

街道好长,像电视剧,看不完。
从街角望过去,没有一个人在那里,
街面浮满光线,如母亲的白发
一丝丝的,在黑暗中发亮,
微风吹动它,轻盈又明丽。

好久没有在街上走路了,忘了
路还有转弯,弯角处
没有童年,也没有少年,
花朵开在两旁,所有人
和它们都没有关系,和我也没有关系。

那个街角是我的北方,今年的北方
没有下雪。雪下在南方。四月,
群花绽放的南方好像这条街,望过去
有丝丝的白光,轻盈又喜悦,这个
和我有点关系。那么,今夜无眠也美好。

写于 2018 年 5 月 3 日,海盐

街 角

从这里望过去,街角让一个人搂着,
像刚生的孩子,甜甜地笑着——水泥
变软了,柏油发出了香味,青草
开花了,结果了,过上了树一样的生活。
林立的楼,把倒影整齐地收起,
楼顶的阳光,岁月一样慢慢飘下来。

后来,这个人走了,他把街角放到地上,
像放下希望和不希望,没发出一点声音。
繁忙的人群此时——离去,剩下
小时候的作业本,那个本子上
没有一句老师的批注,没有未来的作文,
它白得像街角的斑马线,不染色彩。

街镜子一样,等我们走到尽头,就
把最光鲜的那一部分留给了早晨——
这里的每一处昏暗,我们都不要经历,
那些从树叶里偷偷跑出来的阳光
已经满地,经过街角的那只猫摸了摸
身上的毛,打了个无比自由的哈欠。

写于 2018 年 5 月 6 日,海盐

葡 萄

吃点葡萄,日子会不会更好一点,
它把酸,这种紧密的味道
直接塞进了肚子里,然后迅速消化。
关于葡萄,这个圆润的物体
黑中带紫,紫里透红,像包裹了
人间的水分,或繁复的过敏,
我不懂节制,一不小心就会弄破。

葡萄圆圆的,桌子一斜,它就往下掉。
它掉到地上,像一个人
在自己的身体里急速下坠——我们
没有了昨天,今天还在,这剩余的黄昏
仅仅让葡萄发出了光泽,它的坠落
仅仅发出了听不到的声响,以及
那些遥不可及的、不相干的香味。

夏季,大雨一场又一场的来,我不认识
一株一物,如我不在这个世上,如
雨水被葡萄的腹统统吃掉。曾被浪费的水
现在都洒在这里了——我如何
决定我的出生,葡萄一样浑圆,它落地的

声音，水流出的声音，好听，令人羡慕，
而你羡慕我的，我真的没有过。

写于 2018 年 5 月 19 日，海盐

夏雷,以及异动

立夏过后,灰蓝的云朵开始向南聚集,
从北过来的路只有一点点,我的浪漫
也只有一点点:五月中旬,有点闷热,
我穿着三厘米的长裙,走在茫茫青色里。
我不说话,让所有人坐在夏天里
听半辈子的故事。我笑着捏一把泥,
把它埋在能走的路上,等夏雷。

我坐到马路边,看提着垃圾的大妈经过,
一位中年男人正呵斥妻子走得太慢——
天已经打雷了,雨就要下来了,
路马上就会被大雨弥漫……好像
所有的人生都将来不及——所有人
一刻不停。我也孜孜不倦,描述鸟、稻草、
麦田,以及那些深灰的云正好齐着膝盖。

直到暮晚,又临近夜深,天空有了异动。
我等到雷了!雷在头顶上滚动,它不姓夏。
雨早已漫过北侧的城,我在南侧
想雷的姓氏,它的孩子,雨的大小。我
慢慢等着雷的移动,闪电的照耀——

天光之下，没有一处生活是看得见的。雨溅湿了我的裙，湿了我要睡觉的婴儿枕。

写于 2018 年 5 月 19 日，海盐

白花,红花

花在岸上,红的,白的,像一对
相偎相依的夫妻,那白花
白得一贫如洗,红花
红得像天下的喜事,女人的唇——它
微微张开,从风中经过的每一年夏季
都必定经过它们,经过这唇,
好似它们的爱就在这里。

而我不曾来过夏季,又怎知
夏季狂热的悲伤?每一次风的摇晃
都扯下一地的花瓣,那白的、红的
花瓣,在地上,顾自躺着,好像
生来就不是花朵的孩子,那红的和白的
生来是不相干的两张唇,天天碰触,却
待在不同的人间里,一如既往。

写于 2018 年 5 月 29 日,海盐

阳　台

从各种风景看出，阳光越透明，
缝就越大，这间隙里斜过来的
带着翻滚的灰尘的光
使我在一个人时真的像一个人，
她粗碎的优雅
时刻打破凌晨的宁静，她绿色的身体
一直蔓延到我的阳台——哦，
这脆弱的阳台就要被这些光撑破了，
这过分饱满的爱恋，把我移到了
很深很深的窗外。

那里，又是怎样的一个地方？
我浑身的绿不见了，眼睛不见了，
我越来越像自己时，阳光越来越小：
很长时间，都不敢靠近人的生活；
很多年了，我早已
不再是一个追求完美的人，却还是
希望在阳台上，那个有斑点的瓶子里
看到鲜花盛开——嗯，是的，从前
你不曾发现我和这里的美，现在发现

已经来不及了。

写于 2018 年 6 月 11 日,海盐

等我老了

等我老了,有空了,就建造一座小舍,
放上几个木墩,围上篱笆墙,里面
种满喜欢的花和草,还有一棵桂花树。
每年八月,坐在树下,等桂花飘落,
乱入墩上的酒杯,看它在里面楚楚游曳——
我等这迷人的花香掉到酒中,发出
那一声响,叮咚,叮咚……好似
谁碰撞了我,我的发饰跌入湖里,好似
山呼应了水,水呼应了这个村庄。而
没人知道我从哪里回来,我停留的地方
也有夜色温柔。我允许月光通过,愿意
放下钟爱的青瓶,在静静舍间,等你穿过。

写于 2018 年 6 月 18 日-19 日,海盐

这是一条美丽的道路

给点亮光,我就能睡着;夏季
树梢摇一摇,就有雨下来。公园里
二楼亭台的边缘,一只啤酒瓶
只要有大点的风吹来,它就会掉下去
到下面的青石路上——
这是一条美丽的道路,阳光照到上面
不会反光,不会融化和塌陷,一个父亲
带着一个孩子走在上面,俯身摘着荷花。
这些荷花粉得迷人,像我喝醉酒的样子,
在孩子的手里摇摇晃晃。

一个穿着超短裙的女子
在路边的萱草地里,勤劳地摘着花骨朵,
中午,这些,足够她炒几盘菜了,
我甚至猜测她家的人口数量,以及
她孩子的性别——哦,我
已不小心僭越了人群,他们的从容
停留在满身花纹的苍蝇背上,飞来飞去。
我坐在二楼的长椅上,望见下面
白鹭起飞,荷池荡漾——因此

我试图担心那些孩子的未来。

写于 2018 年 6 月 29 日，海盐

它生来就美好

我把薰衣草插好,到玻璃瓶里,
几只大蝴蝶围在它们上面讲故事,
美国,新疆,儿女,采石厂,土壤
以及永新村。而我不善于描述
过分完整的事物,总比蝴蝶提早离去。

今天,我醒得比它们早一些。我把花儿
放在窗口,看它在静默中慢慢吹干——
它生来就美好,就不必担心风吹日晒,
它紫色,烂漫,芳香,就在很近的地方
还有它的田地,而你——一直没有去。

写于 2018 年 7 月 1 日,海盐

最近，我被尘世缠绕

好像从沙漠中觉醒的树，此刻
正在确认方向——东方，不是东方，南方
是我的家。对，我记得，这沙漠里有树，下面
还有水沟。没有饥渴与干涸，一切
是尘世的样子。傍晚，一群骆驼
背着家回来了，穿过栅栏——哦，栅栏！
我就是从这里进来的，偷偷进入，然后
翻越，到顶上——风沙。风沙。无尽的风沙呀！
夕阳歇在你的背上，红色的连衣裙
如旗帜，在黄色的沙里走，一串轻薄的脚印
跟随着太阳的影子找花去了——
天地间有很多花儿，随便找，哪儿都有，唯独
这里没有。尘世，像茶几上的绿萝，
挂到地上，还想往下挂。

这沙漠为何不荒芜？如这张茶几，可以摆放
久不可磨灭的烟蒂、酒罐，和一枝百合。

写于 2018 年 7 月 6 日，海盐

姐　姐

他们都是谁呢？芦苇荡里的鹧鸪，长长的蛇，
或突然跳你身上的甲虫，要么就是那只
直往眼睛里冲的蠓，但绝不会是小松鼠和白兔。
姐姐，你猜，如果你来到这个村庄里，
第一件事，是不是会种一片水稻，稻子熟了
拿去扎成你的马尾辫，一甩一甩——
你再也不去芦苇荡，脚一下去
就不知道脚会去了哪里的鬼地方，你会选择
去桃树下，仍然做那个脸上充满桃汁的女孩，
你还在马尾里悄悄藏了封年轻时的信，
趁无人注意，把它喂给水田里的泥鳅吃。
姐姐，你信吗？夜晚，天上星星再出来的时候
光已经变回萤火虫，它们飞在臂弯里，
或环绕着这个村庄，为你做沐浴的香皂。
我们采了积雪草、益母、红蓼、商陆和野草莓
来制作它们的前半生，红红绿绿，多好看呀——
姐姐，你看，你来这里，把双脚搁在青石台阶上，
你只管读书，写字，看天空，我坐在边上
为你掸去正想爬去你衣裙的蚂蚁，和暮晚。

写于 2018 年 7 月 6 日，海盐

护城河

周围那么深,摸不到一个日子,
也没有船,可以让我们摇来摇去。
在从前从未经过的河流上
没有一朵花叫蓝莲花,而花朵的声音
紧紧拥抱着城池,好像
天空从不曾有过云彩,人们也能看到
满天的幸福奔走。今天,是我来迟了吗?
护城河,在我的中央还是脚下?
我摇着岁月来你这里荡漾,你却
不给我一点远方的气息。

我能飘扬么?在你未曾来到的这座城,
用那一河的水清洗双足。我已经步行很久,
双脚布满了茧,请给我一只船,
就载我一小程,让我去找那朵蓝莲花,
听它倾城的节奏,裹上七月去旅行。
亲爱,请把我放到水里,让鱼亲吻
你未曾吻过的额头——我离开你
只为了下次再遇见你——再多一天
我就会重新拥有一个名字,整条河流

就会清澈高远,你信吗?在第三天。

写于 2018 年 7 月 22 日,海盐

我终于可以为自己负责

我终于可以为自己负责,
把饭盛在碗里,不忘夹几口菜。
我举着宝蓝色的铜勺
和着菜色,吃下一口口雪白,
这米饭好白,胜过所有人的心地。
走在这个世界里,看惯了绿肥红瘦,
人间的欢喜都如蚁众的忙碌,
我把这种白定义为九霄赐给的白云。
对待命运,我波澜不惊,
我为了一个没有灵魂的人铺路修桥,
却至今也没有超脱。外面
石榴正长在树上,鲜红的花朵已经凋零,
石榴树带着前世的苍茫
超脱了遥远的远方,一株沉睡的草
迟迟没有醒来。我因为路过这里
把石榴和草都摘下来,
我比较它们的颜色,悄悄放入碗里——
那么鲜艳!随后,我把白色的灵魂
悄悄抱住,像抱住一团雪。

写于 2018 年 7 月 27 日,海盐

逃　跑

我想象过无数种逃跑的场景，
你乘着风里残破的木舟离去，
你驾着仙鹤离去，
你从白云间离去，从蓝天里。

你顺着蚯蚓从大地里离去，
你水一样在泥土里离去，
你树根一样在生命里离去。

你从海上初升的太阳里离去，
你在海鸟的翅膀里离去，
你离去，在无声无色的滩涂上，
用毕生的情商，扎一大片芦苇花后
离去。

没有一种方式，是从我身边离去。

写于 2018 年 7 月 28 日，海盐

蝉 衣

早晨,阳光走在里面,这件衣
失去了肉身,就变得空旷、浩大。
七月,热浪一再涌来,
没有一个核心,没有行为,
一切如假象,没有经过验证。
公园新生的紫薇,也妖娆得没有尺度,
这给蝉带去了足够的伤害,
它活生生地逃离
背叛了一夜的欲望。

人们走在绿道上,观望热烈的凌霄
朝天开放。这件单薄的蝉衣
躲在里面,发出瑟瑟的声响——
它空荡荡的体躯炎热而又容易被震破,
那些远离的责任
和古老的街道一样浪漫。
是我离开了花朵吗?
一整天,蝉爬来爬去,四处
寻找它的旧衣。

写于 2018 年 7 月 31 日,海盐

蛛丝马迹

大雨塞满了街道，
我不想苟且，所以
抽身离开。我找来锤子
钉住岁月的入口，
就让时光停留在雨水里吧，
让假象更假。
那些浮在冬日的冰面
来到夏天融化，成为
莫名其妙的水，然后
打乱我出行的计划。
我毁尽了雨水的形状，
让它们长得都像我，或者
是我小时候的样子——
童年啊，何时把我的未来
举到人群中间，将
荣耀与夺目变得更自然些？
我放弃理想，为一口饭
奔波和微笑，尝尽了
花露和晨曦，也有
泥土和脚印。我背上背包
走向世界，把浪迹天涯

说成一个笑话。台风过后
天蓝得如海角和谎言，
那个浪迹天涯的故事
便有了蛛丝马迹。

写于 2018 年 8 月 3 日，海盐

海水从它们身上经流

这些鹅卵石要流淌,涌动。
这些鹅卵石纯洁地裸露。
海水缠环它们。海水从它们身上经流,
无休无止。
海发出青苔枯萎的预告。
但一切停不下来。浑黄的大海
弥布着夏天的呼吸,深深吸引着海鸟和鱼。
那些飞翔的、游动的哲学
不停地震动,从海平面喷发出沉积多年的呼喊。
海水糅合着沙粒
翻卷着进入鹅卵石的光泽,
新西兰松木从大海那边漂来
送给我前世的香味,和蔚蓝。
沙啊,你的身体在哪里?
拒绝飘浮。拒绝游荡。
把涌动还给涌动。波浪战栗。
水缠绕着大片的海星和珊瑚。在鹅卵石的中心
黎明的花朵
喷薄而出,一只黑鸟
怀抱着青苔的预告
从蔚蓝中悻悻离开。一切安详下来。

海水慢慢经流。从鹅卵石
的底部,到正面。
大海失去了最后一场狂欢,一切
将老至初见。

写于 2018 年 8 月 10 日,海盐

谷 地

金色的谷地上空，位移的云团
呈现了空旷的人世，从紧凑的人群中
生长出的稻穗
婴儿一样不通情达理，我悄悄放下的玩具
瞬间就被玩破，成为瞠目的对象。
炎热。从地底迸发的
风撞击稻草的声音
松鼠一样顽皮，却又不见踪影。
我累了，坐在那高高的谷上
看一地的热情，好像年轻时
做梦时的情形。哦，丰收！
地鼠收获了大米，
蛇收获了柴垛，
麻雀收获了巢，
蚂蚱收获了马戏团，
一个狠心的稻草人
几秒钟就收获了骄傲的雪莲。
惶惑的田垄啊，交错不是你的本意，
而夜里的流星
把一切弄得很乱，没有秩序，
谷堆之上没有秋天的香味，

我在无边的谷粒中奔赴,
去往另一颗谷粒——遥远!
稻叶还原了我们的真相,
那些锯齿
仅够厮磨两三个夜晚。
还有更美好的时光吗?把稻田的无声
还给我。

写于 2018 年 8 月 15 日,海盐

七夕：山麦冬的歌唱

七夕，水色清澈，满布树荫的路上
阳光捉摸不定，如山麦冬的摇荡
掏尽每一缕光线的歌唱。
还剩下什么呢？吝啬的关系，不曾
牵手的弹奏，不曾发紫的
花穗。小溪
此时流向人间的欢喜，如
岁月浩浩荡荡，把人留在
不为人知的水的缝隙——
你可见过没有回音的溪流
绵长悠远，拥抱我的虚无
沉沉入眠，忘了流动。
美丽的石头分析着爱，山麦冬
是七夕唯一的鲜花，它羞涩漫长
停留在石缝，山在我们身上
时而逃离，时而临近。哦，日子
就是那水色天光
贮满了所有树林的忧伤，把人的手指
一一掰开，让双手
存不住一滴水。
溪水流着流着就不清澈了，

没有一个倒影,我也不在其中。
山麦冬停止了歌唱,
溪鱼在黄昏之前停止眷恋,
整座山空寂如心,雾色苍弥。
我久久不离开,我给山麦冬蜂蜜和花粉,
为你的不曾出行,树枝为证,不谈
今天。

写于 2018 年 8 月 17 日,海盐

阻 止

夜晚阻止了体内的光,毫不修饰的虚荣
渗透天色,阻止了钟声的鸣响。
柔密的岛屿阻止了命运的前行。
海水高出了水平面,
黄昏的歌还在一柄剑鞘里,
紫色阻止了绿色,
我用甜蜜的眼睛阻止阳光的奔流,
阳光就不再流淌。

而高楼没有阻止蹦跳,
大海也没有阻止溺亡。
我们的牙齿不能阻止食物,
大山没有阻止道路。
无上的天际不停地泄露人与人的秘密,
我也不能阻止言语,以及
言语带来的一切问题。

黄昏之后就是夜晚,这沉默孤寂的夜晚
很久很久没有人声。宣告
从衣襟上滑落,阻止了幻想。
从不曾有过,就无所谓失去,

这一切自然得有如童年阻止了成长。
大海所有流露的
就是要忘却的,因为
我们不在。船和渔民都不在。

我们毅然阻止了流浪的预言,
和旅途的劳顿。
草原,沙漠,胡杨林,群岛,四四方方
的热情,都阻止了。
这里没有糖可以吮吸,
怪树林没有一片绿叶,
我的香囊没放香料,就阻止了孤零零的
呼吸。

哦,呼吸,多么美!
人群之上一片靛蓝!
我阻止了一场即将开始的身世,顺便
把礁石上的时光阻止了。
把流光溢彩阻止了。
把炫目的影像阻止了。
我阻止了认识你。还未送来的鲜花
寂静无声,如同祷告。

写于 2018 年 8 月 22 日,海盐

蜜 蜡

蜜蜡在颈的下方飘出香味，
青瓷砖发出青涩的光芒，
人群好奇地走在上面，闻香，看风景，
好像世界就是他的。一朵
百日菊在一段松木上觉醒，
这本该属于她的泥土，此时
变成了无数的蝴蝶，被蜜蜡的香
吸引。沉醉！天色还很亮，
树梢上绿意深沉，云朵烂漫，没有一只鸟，
蜜蜡在衣襟上晃荡，如一个荒谬的因果
倒映着，圆润，空洞，虚构。
我好想拥有这块蜜蜡，它有恬静的笑意，
我成长在里面，捧着两手的虚无，
把杏色的梦想放在肩上——
这副双肩如泥，背香千里，为招摇。

世界并不怎么好，但我爱它。

写于 2018 年 8 月 26 日，海盐

长　廊

早晨又要来了。
阳光柔软地覆盖在身上。
黎明递给我无数的格桑花——
我急于修补长廊的纰漏,忘了
把自己递给无数的黎明。

写于 2018 年 8 月 31 日,海盐

大　桥

大桥很大很长,像一个人的情商
笨拙而绵远。大桥跨越了女人的发
把流浪的心放在栏杆上——
今天的狗尾草是有多美,劣迹的土地
生出了一夜的光芒,花儿也绚烂,
在无尽的期望中制止了早晨的蔓延。
——你说出了太多的秘密,唯独没有说出
自己的位置,你饱满的口袋
不曾掏出一朵玫瑰,不曾盛放一粒米,
那些洁白的碗口流淌着微弱的人生,
殃及胃,以及胃之外的世道。
长空不能再长,如桥
长到不能逾越,不能抵达,不能相遇,
你在一方,躲着幸福的未来,把人群的哀怨
塞到深深的滤镜里。
色彩。对比度。曲线。晦涩。幽暗。
长桥不能再长,如手持的镜头
望不见底。人群好深。好深。
你把我不曾到过的地方都藏了起来,藏得
好深,自此,我不再出现于人群,
鸟的细爪踩着我要走的路,

我再找不到那些曼丽的地方,软软的、
温煦的、可靠的、安全的地方——
远方那么无私无畏,不留一次离别。

写于 2018 年 9 月 7 日,海盐

中 秋

未来,我选择迷路,在深深的落叶旁
闻听那深深的香味。合欢树给我伞,
树荫给我以怀抱,蝴蝶飞过身边,如同
幸福长了翅膀。我所关心的人群走了,
余下余生里的咳嗽。一闪而过的光
躲回了树叶,让我猜它下一次要去的地方
——这将有多难。多难。我怀抱着秋天
一个个数,落叶都烂了,还以为是刚掉的。
河流经过瘦弱的夜晚就不再没命地流淌,
那沉闷的呼吸月光一样浸透背。期望!
随便吹过的风为道路打上蜡,铺上光彩,
让人走着走着就会柔软。鸟儿绕过了林子
直接去了南方,迁徙是它们的宿命
——我以过往的生命,给它们
一只手一样大小的地方飞翔。中秋
地面事物安详,百花停顿,我们早起晚归。

写于 2018 年 9 月 15 日,海盐

风 景

自此,不再记得这个人存在过,
她突然从风里出来,如绝望的潮水
又顷刻退去。西方的天空
露出了苍茫的苦楚,夕阳的深情令人敬畏,
我独自走在林间,看这一世的落叶
悄然憔悴——风景!它镶嵌湖边,顾自
为人们献出时间。迷离的松果
悠悠滚动,发出捉摸不定的盼望——
人,到处没有人,什么叫见证?
你离开,没有脚印。我踩着这条路
留下发丝一般的纹理,身形柔弱。
是谁在喊我吗?抑或一次无心的踉跄?
阶台高洁,鲜花林立,我在其中
百无聊赖,等一只擅长魔术的手。

写于 2018 年 9 月 18 日,海盐

我有一只蝴蝶

我有一只蝴蝶,九月,它
没有气息,飘舞已经停止
——在我所见过的事件里
它繁忙如我的前生。我看见它的
眼睛,不会流泪,没有泪痕,
迷人的翅膀轻薄地放置——
我所见过的酸涩
都不在花纹里,它那么静悄悄,
却劳碌如一个看不见的人。
蝴蝶躺在地上,它幸福地长大,
一动不动,安静的翅膀
藏起了历久弥新的太阳。
阳光缓缓蠕动在腹部,
紧紧地塞住了城池的空隙——
彩色的叶子躺在肥厚的绿草上,
这是我所见过的最完美的死讯。
蝴蝶守住了窗台,它宁静的样子
深深停留在我的锁骨。

写于 2018 年 9 月 28 日,海盐

我停止了一切猜疑

我停止了一切猜疑,星光铺在发上,
像人世盖住了雪地,没有缺点和欲望。
我小心翼翼珍藏的手嫩白和丰满——
无论怎样,它们都抓住了沙漏里的沙,
这蓝色的沙漏倔强和乖巧,如童年
把所有的心声都交给了桑树,以及河流。
幻想。没人留住过最心爱的人。苦涩
无非就是幸福时不择场合留下的大笑,
一个被刮破了旗袍的淑女,鞋跟
被磨得倾斜了的影子,瘦削,和萧条。
黑夜凝望了我很久,终究没认出
我是谁的孩子。我打了个盹,天就亮了。
鸟的歌鸣!多动听呀!多诚挚的语言。
晨光把大海给叫醒了,太阳还在沉睡。
急急的潮水涌过来,迅疾地越过脚面,
然后膝盖。海和天突然散开,再没有合拢
——哦,阶梯!好高。必须上去。
泥沙!它乌黑发亮的时候,我捧着海哭了。

写于 2018 年 10 月 3 日,海盐

归 来

这样的道路是真美呀——
桂花,香樟,芙蓉,停留着夜幕的墙,
骄傲的喜鹊从公园飞走了,树叶
一张张浑圆浑圆的,美人蕉鲜红孤傲,
悬挂着对每一个脚步的怜悯——我知道
这就是秋天的样子,不会下雪,可能灿烂。
那些挂着柿子和橘子的树此时被人群蜂拥,
被遗忘的时光不再被浪费,用它来做酒,
囤积开支,那些来来去去的脚步呀,
多像大半个中国的花儿一起开放的声音——
独居和活着,因为太想浪漫,总是忘了
归来时要手握着鲜花。灰喜鹊呼唤了白鹭,
若无其事,走在我们的路上。

写于 2018 年 10 月 4 日,海盐

莲花的命运

那莲生了莲花,洁白的手遥不可见,
孩子们堆砌花瓣和莲蓬,用来做成房子,
我躲在里面,抱着一个世纪的流浪
把一天的时间全部用完。
铁塔迈越白云,天有点蓝,桥和路
胡乱铺了点阳光就算完成了对我的告诫,
我把花持在手上,让它慢慢迈越铁塔,
那些阳光啊,此时都软弱了。
顺路而来的都是歌声和微笑。慈爱。
白云像柔软的猫咪,蜷偎在被虫子啃过的
一片树叶的细洞里——多么欣慰!
我沿路欣赏它们的余生,如欣赏无尽的风景。

写于 2018 年 10 月 4 日,海盐

清　晨

露珠伏在时间上，享受地心传来的律动，
猫咪停止逃走，不停叫唤，
梦境里那些不柔软，给它带来太多沉寂，
我不得已起身，安抚草尖上的灵魂，
弱小，是不可言说的命运，我们从草地醒来
发现来自各不相同的世界，却正好
契合了此时的紧张，彼此宽慰。

这几天清晨，太阳一直不见，一双手
伸出来，学习鸟儿歌唱，我经过往日的绿道，
看一树树芙蓉粉嫩惊艳，如我所想的
这个世纪的繁华仅仅就在这里。桥让我走过
我站在上面看望天空，像看望河流
认真，有序——所有未来在一朵菊上流动，
蝴蝶，轻巧地将花蕊占据。

写于 2018 年 11 月 6 日，海盐

我喜欢羞涩

我喜欢羞涩。滑动的蛇,低头的苇花,
渐渐变黄的白杨和银杏,这些
长长的白栅栏。阳光的教诲
落在秋天里,如涌动的善良被频频阻止。
我来到远方,不停地曝晒身体,
你却不曾羞涩,就这样错过了整个秋天。

我站在坝上,好似站在你的背上,
不曾献出时间,就这样羞涩穿行。
草场围困了好几年的青绿,此时
它将为我的身影挪动位置,去青春里——
偶尔有几天,可以看到露水在草尖游动,
从此就有生活了,它一直女人一样坐着。

写于 2018 年 10 月 15 日,海盐

美人蕉

一株美人蕉轻轻晃动,几百个秋天
在蕉叶上行走,光滑柔嫩的叶子
还是那么绿,不留一点足迹——
命运给予花朵以最好的黎明,而凌晨的霜
已经落满我们以前经过的江水和中原,
那芊芊的草地没有一棵树,故事
占据了青春不可逆转的神秘的性别——
雨下得是正好呀,不大不小,刚刚
可以让蕉叶船一样游动,如蕉的腹
已经匍入秋水——夜已俊美,书页那么香,
所有真相成了真相,假的那些
仅仅是被黑夜看见了,与白天没有
一点关系。花儿嫣红,不阻挡冬的来临。

写于 2018 年 11 月 19 日,海盐

鼠尾草

你越来越谦逊而智慧,如鼠尾草遇到秋季,
天明醒来,草叶绒白清秀,花儿欢紫,
——我把它浸泡水中,复合了柠檬和玫瑰:
今天,我喷洒了过多的香水,仅仅因为
自己闻不到香水,就如明天来得太多
今天就没有了……鼠尾花沉睡的霜季
风儿都成蓝紫色了,薰衣草般的迷惑
濡染了整个人生的出路——雍容华贵的表面
依然附属着枝招花展的奴性,苦行僧和贵妇
一起走在荡口,看上去什么都没有发生。

写于 2018 年 11 月 19 日,海盐

我没有忘记远方

我没忘记过远方,斑驳的红墙,幽深的院子,
穿着旗袍叉着双脚的女子,秀气的 40 码鞋。
我没忘记过守望的棕榈树,果实掉落的时候
那些窸窣的声响,惊醒的童年的夏夜。
时光没有流转过的地方都生长着人们,
他们在太阳和月亮之间得以自由,生存
好像没有任何问题,而频频遇到劫荡,
我们紧紧夹住双臂,像要去抱住世界的温暖,
而居住的地方已经不在。一只没拧紧的瓶盖
滚落地上,随风飘来飘去
——它得到了远方,和远方的滋润。

写于 2018 年 11 月 19 日,海盐

跋

  2011年10月19日，自写下《我不知怎么来说出这种苍凉》一诗后，就很少写了，六七年过去，喜欢的事物依然没变，猫咪，花朵，阳光……

  2018年，重新回来，诗里多了"时间"二字。中年进行到新的路口，本该回归，却还是迷离。很多人说，你现在的诗没有以前的惊艳了，我听了是有多高兴啊——我是真不要再回到过去了，宁可没有一首诗。

  2012年后，我再没离开海盐。

图书在版编目（CIP）数据

走来的春天 / 白地著. -- 武汉：长江文艺出版社，2019.8
（"海风三人行"诗丛）
ISBN 978-7-5702-0980-4

Ⅰ.①走… Ⅱ.①白… Ⅲ.①诗集－中国－当代 Ⅳ.①I227

中国版本图书馆 CIP 数据核字(2019)第 075857 号

责任编辑：胡 璇		责任校对：毛 娟	
封面设计：川 上		责任印制：邱 莉 王光兴	

出版：长江出版传媒　长江文艺出版社
地址：武汉市雄楚大街 268 号　　邮编：430070
发行：长江文艺出版社
http://www.cjlap.com
印刷：湖北民政印刷厂

开本：880 毫米×1230 毫米　　1/32　　印张：6.375　　插页：2 页
版次：2019 年 8 月第 1 版　　2019 年 8 月第 1 次印刷
行数：4433 行

定价：108.00 元（全三册）

版权所有，盗版必究（举报电话：027—87679308　87679310）
（图书出现印装问题，本社负责调换）

"海风三人行"诗丛

梦见香樟的自行车

米丁 著

长江出版传媒

长江文艺出版社

目 录

序 / 001

第一辑　金粟有寺

春天短咏 / 003

银蠹 / 005

林间斜照 / 006

短句十章 / 007

星期天和津渡走长山 / 010

当他挡住我纸上的阳光 / 011

城南的茅草堆里住着许多人 / 013

金粟有寺 / 015

我们都成了没有故乡的漂泊者 / 022

他们都是我人世间的缘分与温暖 / 025

旗 / 027

长堤揽腰的湖，胖了又瘦 / 029

风声树语（三首）/ 030

黑鱼引 / 032

第二辑　秉烛

鹰离去，留下传说 / 041

一路走来，风光无限 / 042

鹰窠顶，和津渡雨来喝早茶 / 044

夜登鹰窠顶 / 045

且到唐朝去 / 046

春日短章 / 048

太湖东山行（组诗）/ 050

湖山修禊（两首）/ 053

和心培津渡全良诸兄游楩园 / 055

顾山礁 / 057

车上坐着彩云之南的少女之心 / 059

古镇 / 060

梦见森林在奔跑 / 062

潋浦早烧，与诸君同行 / 063

勇敢的螃蟹抓伤了城市僵直的街道 / 064

南阳乌有塔 / 065

第三辑　蓬蒿逆风

失眠词 / 069

用词语翻越紫禁城 / 072

全在喝的偶然性 / 075

纵有契合 / 076

被打开或未被打开的空间 / 077

幸好有月 / 078

乱辞三章 / 080

太阳落山 / 082

撕碎盔甲束腰的自己 / 085

澉浦吴氏及其他 / 087

在南北湖的讲座 / 089

第四辑　礼物

岁暮日，山寺饮茶 / 093

一棵树 / 094

海滩生起篝火 / 095

他需要爱的想象 / 096

不提那些名字了 / 097

音乐厅 / 099

乡村草滩 / 100

企鹅也没有停止脚步的意思 / 101

菖蒲谣 / 103

仿大卫·伊格内托《这是子夜》/ 104

一次关于武术的聚会 / 105

海边（组诗）/ 106

海塘多么空旷 / 108

邂逅夜鹭 / 110

北窗口 / 111

蹲在那里太久了,这堆雪 / 113

第五辑　牵牛花与旧唱片

梦见香樟的自行车 / 117

我要用一条小河来抵达你 / 125

一块沉默的石头,在他乡 / 126

一只飞向春天的翠鸟 / 127

彻夜不眠 / 128

还能跑,在风中跑 / 129

2月19日,杭浦高速送女儿回学校 / 130

陪女儿学二胡的下午 / 132

感动 / 134

石痴 / 135

秋意 / 136

妈妈的美 / 137

非著名诗人 / 138

他神经质地走过街边 / 139

推敲经年的秘密 / 140

城市来了 / 141

一盏灯和另一盏灯相遇 / 142

民以食为天 / 143

第六辑　河浜垂柳

1月17日早晨 / 149

重回昔日 / 151

中秋夜 / 153

秋日下午 / 154

刹那的伤逝也是一辈子的抒情 / 155

唱亮飘过头顶的云 / 156

潮水不会老去 / 157

星期天 / 159

银杏 / 160

春日早晨，写给简兮的八行 / 161

北埭记忆（两首）/ 162

春节下午，携家人郊游（组诗）/ 164

来一次台风倒伏一次的柳树 / 169

它靠那里打盹，仿佛在沉思 / 170

慢慢直起腰来 / 171

逝去的亲人乘着雪花 / 173

卡拉 / 174

邻居 / 179

他们隐身诗行 / 181

隆重的葬礼 / 182

第七辑　白鹭插在哪格书架上

时间赋予的意义 / 185

传遍每个指甲的不安 / 186

我和汤姆 / 187

很多人就是这么过去的 / 189

车过湘西（组诗）/ 190

白鹭插在哪格书架上 / 192

传说与键盘（组诗）/ 193

慰藉 / 195

崖柏 / 196

在太阳的指尖永享光阴 / 198

驳船撞塌一座水乡的桥 / 200

堂曰万鹤 / 202

跋 / 207

序

·育邦·

海风三人行。海者，濒临大海，地名海盐，这是大海的声音；风者，慕风雅颂，山野乡音，这是诗歌的风暴；三人者，白地，津渡，米丁；行者，至友相契，和歌以涉远，道合以前行。

三人中，米丁稍长，对于海盐的历史文化有深入的体认和研究，他的双足是深契于这沧海桑田变换光怪陆离的土地；他从事诗歌写作，我以为那是更为重要的羽翼，以使他能够自由地飞翔于江海交汇的天空，远离喧嚣与尘世。

津渡，存在于一种急速奔驰的人生转场中，"海的大肚皮"孕育出诗歌的精灵，这些热爱打木片游戏的精灵给他带来了无限的慰藉。

明朝天启年，海盐知县、湖北黄冈人樊维城主持《盐邑志林》，辑三国至明代邑人之经子杂说四十一种六十五卷，"用张兹邑著记之盛"（朱国祚序）。传说，该编为中国历史上地方文化丛书最早，其地位，犹开中国地方镇志先河之南宋海盐澉浦人常棠撰《澉水志》。津渡，也是一位生活于海盐的湖北人。这既是历史的巧合，也是文化的因缘。

白地，是一位女性诗人，她在大海与滩涂的边缘游弋，生活给予她无尽的教益，而诗歌给予她心灵的寂静。她的诗歌中散发出盐、焰火与人间的深切信息。

据米丁说,十六年前,海盐突然冒出一位叫白地的作者,写诗甚好,后在作协活动还是其他什么事情交往中(已记不真切),得相识。其时,白地在县城勤俭路设店铺谋生,印象中女帽女包为多,某日,她兴奋地告诉米丁,核电厂一写诗歌散文的,找到店里,给她看一叠打印稿,行走长江游记,写得甚好,你们可以认识一下。因缘际会,就这样,三位歌者在诗歌中相遇,遂有三人行之缘分。

近期,地方政府出台政策扶持文化,三人以"海风三人行"诗丛报题,得入选支持项目。米丁与白地,海盐人;津渡二十年前徙海盐,与樊维城一样,原籍亦湖北。与津渡游,常有樊氏襄举海盐文化之想。

海风三人行,于是就有了白地《走来的春天》、津渡《湖山里》、米丁《梦见香樟的自行车》这三本诗集。

说不尽的大海,说不尽的诗歌,在此我就不再赘述诸君诗歌了,"略而不陈,惧亵也"!

第一辑
金粟有寺

春天短咏

一

春天。放眼所及：唐朝银杏，宋朝柏树，
明清的松树朴树。即便和它们共享春天，
我难道也和它们一样，拥有时光重现的奈何之心？

二

春天。我亚麻色头发的女儿坐地铁
穿行在不眠都市的暗处。当我走在河岸，
晨风拂柳；女儿走进十七层办公楼，清洗水杯。

三

春天。给你的色彩分层次，画笔告诉我有多难。
我告诉飞来凑热闹的蜜蜂，蜜蜂嘤嘤回我：
五色令人目盲，驰骋田猎令人发狂。沉溺就是痴癫。

四

春天。充耳喁喁窃窃的芳菲私语。
清晨天降露水。我漫步河边，驰骋的心

无远弗届。大地之舌吐草木,逝去的人回来了。

五

春天。挣脱皲裂衣衫,囚禁的欲望得到释放。
遍野烂漫。多么沮丧,多么绝望!憧憬顿失之后,
还有什么值得期待,值得为之煎熬,为之耗尽光阴?

2018. 3

银 蠹

我脆弱的身躯拥有怒对飓风的勇气。
卑微的足,跋涉于唐诗宋词、烟雨楼台的国。
如果我是银蠹,供我挥霍的朝代与皇帝,
宫闱轶事与投鞭杀伐——
哦,这列队而来,清风扭翻的文字,
这丰盛早餐,正被我拆卸偏旁,细嚼慢咽。

脆弱而卑微的足,饲我以光阴停滞的漫长。
出色而奇诡的想象,予我以鼓腹而歌的倔强。
窜迹汉家陵阙。夕阳下,离离衰草提醒我,
朝代是书页里不无荒诞的年表,
银蠹,单薄之身亦有无须救赎的尊严。

2018.10

林间斜照

秋暮林疏,阳光
薄薄地泻入落叶空地。
独自散步在这裸露的世界里,
我仿佛听到了根须和泥土,
阳光和桦树的对话。
叽叽喳喳的声音压得很低,它们
真诚的语调让我心动。
我感到,这些卑微的灵魂
并不介意我闯入。
作为主人,它们住在自己的安宁里
拥有时光和记忆。
这让我想起我劳碌的邻居,以及
许多琐碎普通的日子,
深陷其中,他们喋喋不休,
絮聒的晚风一样被黄昏的宁静所淹没,
并心情愉快地靠在门上,和我聊天。

1991. 11

短句十章

清明节

阳光普天，草野青青。
四月，请打开窗户，打开门。请打开身体。
打开肋骨护栏的暗井，打开内在深深的庭院。
让风吹过，让骨笛嘹亮，让音孔释放肆意的花朵。

仰　望

不计其数的眼睛仰望过星空。
它们在黑暗星际，漫游浩渺的心事。
天宇硕大，除了亮闪闪的，除了模糊的，
我也曾试图找回心旌摇荡的畅想，
但现在，仰望每始于内心无所事事的荒凉，
溺于渐次沉重的郁悒，昏昏欲睡。

汉语的月亮

汉语的月亮照着八月十五的城市、乡村。
缩地千里。腾越斯螽动股和蟋蟀鸣叫铺织的
榛莽词海，约会之心，幻灭在星辰陨落的方向。
然，我之浩茫亦非孤单，因为你，汉语的月亮。

春天的惩罚

使漫无方向者,慵懒而生机勃勃,
使沉闷寡欲者,绝望而精力绵长。

台　风

台风过境,丰沛的雨水算不算
云瀑挥霍的才华?凭窗远眺,沧海的鼻息拍马而来。
从未出发,却怀羁旅不安。
从未拥有,却在害怕失去将要得到的。

坦荡的秋天

秋云裹身,
你的嘴唇有紫薇的碎红。
暑热撤离城市,青春撒下年龄,
不再掩饰欲望凋零的树叶,
秋天露出盛装的哀伤。
多么自然,这坦荡的秋天。

悖　论

他洞察幽微,拿捏难得糊涂的火候,
他感情丰沛,倾泻逝水悲伤的诗句,
他羁旅迢遥,为了从未离去的回来,
他熟稔造句手艺,潜心打造沉默的戒指。

醉

酒精唤醒体内的欢乐。酒精扶墙,
墙踉跄。墙不倒。墙里埋着高粱、麦曲,
埋着醒时的爱情。但爱情死了,硬如石。
它死于我生前身后,死于精致的算计。
是一堵让我走投无路,却踉跄不倒的墙。
它是开瓶即饮的酒精。凄惶之夜的月亮。

绝 望

无缘结识神仙,约会魔鬼也是好的。
有人语我,八百里之外,有圣人出焉。
圣人不死,大盗不止。
一时羞于启齿,我对自己所处的绝望,有多深。

必得从容

夜色收拢的翅膀藏着生的秘密,
这每一天的废墟呻吟着哀伤。
风是听见的,它没有传唱,
月是看见的,它没有照亮。
一只蟋蟀用秋后的声音
为大地听诊:不会很快,不会很慢,
每双丈量光阴的脚,总是不紧不慢。

2017—2018

星期天和津渡走长山

长山如墙,挡东海的浪。窃窃私语的晚上,
揽杭州湾收紧的腰,窄成钱江不安的浪涌。

攀岩壁,辨野草。两颗石子扔进淤泥,
低沉的回声,溅到仙茅没有卷起的叶鬓。

滩涂上,芦苇枯索,爪痕细碎。转辗传来
候鸟迁徙的消息。取景框尽是晚秋萧瑟。

埋在茅草里的两块石头相视不语。短暂一刻,
我们已度过了人世间,几辈子的来来往往?

风涌动,云聚集。一行夜鹭朝竹筏岛飞去。
我有藏不住的一声吼,凌乱下坡,苍茫向海。

2008. 12

当他挡住我纸上的阳光

铺开纸,俯身,
圈一疆域。
聚拢弥散的神气,
驰骋游猎。

不说开垦良田万顷,
不说堆砌高台九层。

抓住一个想法,
便是抓住整个世界。
抓住一张纸,
便是抓住岸边石头,
漂渡的苇草。

这样鼓励,并
说服自己。
我学会替古怪的想法
穿上比喻的外套,
替出格的念头
插上世俗的花朵。

疆域辽阔,
国王孤独。

我躺木桶里,
等自由的风。

等随风而来的人
被我呵斥:请走开!
当他挡住
我纸上的阳光。

2011. 12

城南的茅草堆里住着许多人

城南的茅草堆里住着许多人,
士绅,农民,贩夫走卒,前朝的妃子。
哺时未过,城门早早收起,
阳光冷冷地打在墙上,掉到水里。
晚风不紧不慢,很准时地
搬来树叶、狐狼的声音。
躲在断砖后面,草根底下,
他们不愿出来,沉溺在寒冷的梦中。

也许,我和他们中的大多数
聊过天,喝过茶;不久以后将和他们
厮守一起,聆听庄稼拔节的声音。
现在,城门早早收起,
吆喝声渐渐稀落,
马嘶城外不再有马的嘶鸣,
城外的世界,淹没在幽暗之中。

郊野的路上遗落牛羊的粪迹,
疲惫的行吟诗人爬上柳树,
他看到竹林后面
一柱细小的炊烟上挂着两句唐诗。
杂剧小曲和话本传奇走得很快,
城南的旧戏台已散了架子。

几枚铜钿偶尔从泥土里蹦出来，
沧桑得斑驳难辨。
摇拨浪鼓的货郎担踏上水泥马路，
打个趔趄，不见了。

我来到城南的时候城南成了
新版市区图上的一个名词，
成百上千双脚快节奏地踩在
成千上万人早已逝去的肩头，
神采飞扬地幸福生活。
旧城门吊桥原址竖起不锈钢雕塑，
拍照留影的笑脸像蝴蝶，围着飞；
夜色里，出租车驰过来，驰过去，
暗红的小灯像秋天的虫子
不断游向暗处，在城南的茅草堆里。

2001.3

金粟有寺

一

十里山水
有十里山水的境界

三十里山水
有三十里山水的境界

一万人造访金粟寺
装着一万座金粟寺

一千八百年金粟寺
一千八百个
一万座

金粟寺只有一座
在六里茶园

二

五百年前
族祖谒访金粟寺

关于金粟寺，他说
"偶来方丈说云云"
关于胡僧南渡，他说
"山僧不识开山事"
他在诗里
似乎没说什么
却完成了
一次关于金粟寺的抒情
我好奇这作品
竟入了《四库全书》

三

幸好，族祖将古老地名
泐刻进诗句
幸好，和族祖
隔明清两朝五百年
隔着民国轶事
我们仍操同一腔方言
一起说道金粟寺

四

天蓝，云淡
风铃一片，传悦喜

大悲阁，鼓楼，方丈楼
僧寮，客堂，大雄宝殿

千百风铃
只余我心里，那一声

石罅有隙
不见说法
茂草摇曳
不见护法

五

在大悲阁禅堂
我做了一堂关于寺的课
《等待戈多》开篇
意义的存在，需要安放
没有意义的存在，也需要
安放。不需要安放的
从未有人提及
那天，我让贝克特
与蔡联壁相会
一个，上世纪爱尔兰人
一个，明朝崇祯年间的
海宁居士

在雨雪的降落里
被雨雪念叨
蔡居士重蹈世间
又回来一次

六

《寺志》留下澉浦六里
一众施主护工和居士的名字
走进重修的寺院
碰到早年熟识的几个朋友
在廊下喝茶
哪个负责客堂
哪个照管寮房、塔院
他们热情介绍
我恍然与三百年前刻本里
读到过的名字
不期而遇

曾经的,后来的
施主、居士、护工
还是澉浦人、六里人
在廊下把臂叙旧的
《寺志》都提到过

旧刻本字迹漶漫
翻开,合拢
起起灭灭的,无非
世间的一茬茬烟火

七

百峰围绕一溪边
锄云翻雨不计年
麦子秀时风历乱
稻花开处蟹肥鲜

孤云鉴禅师叉腰站地头
笑语哈哈——
自种自收还自食
任他作佛与成仙

被远山围着
被稻穗簇拥
我喜欢这样的
金粟寺

八

昔年挖矿
搬走了山
矿址托起
大悲阁重建的高度

寺因山名
山因寺传

九

山剩下南坡一截残壁
西藏来的高僧点拨
寺实聚气之地
北坡气散
缺一护法据守

因此有了
韦陀端持金刚杵
一袭青石披铠甲

十

炸山采石
本是同根的块石片砾
流落四方
建殿宇,护岸桥
或填坑洼
只剩留
固守老宅基的
这一截断壁残垣

越过宝殿鼓楼
韦陀俯视南坡这片剩山
一如俯视
衣着光鲜的香客离去后

寺院里
那些轻声细语的护工、居士
那些漵浦人、六里人
一如俯视
一千八百年，几度兴废的
佛缘轮回

十一

漫无目的地来
若有
为来而来
漫无目的地离去
若有
想离便离开

离去时，还是
来时的自己吗？

2018. 2

我们都成了没有故乡的漂泊者
——给外甥女寄几张北埭旧址的照片

上周,我带汤姆(你认识
那只六岁小鹿犬,
每次你回海盐,它吠叫,
然后安静下来,围着你嗅。
你可能奇怪,我用"回"字
你曾是杭州人,现在漂为纽约客,
所以这几行字,连同照片,
就算是寄往纽约的一封家信)
到那个你曾熟悉的、外公外婆
舅舅舅妈搬离已经九年的村子,
(子衿姐姐去杭州读大学
她也不是北埭居民了)
我想告诉你,方圆内的新旧房子
被拆光,建筑杂物已清理,
从前叫北埭的村子,在我们
搬离,余下村民又生活几年后,
终于被推土机抹平,消失了。

几百年,也许是千年的村子,
片瓦不存,地貌不复。
唯有屋后河浜,仍然在夕阳下
闪着粼粼波光。

我们家屋子东北,是舅舅利用星期天
挖的池塘,很小,
种过菱角,养过鱼。
塘南是种蔬菜的自留地,
塘北挨河,中间小堤窄仅容身,
子衿姐姐和我一起扦插的柳树尚在,
它们高可及屋,
现在,一川平地,
柳树成为辨认地标的唯一参照。
望着眼前的坑洼不平,
望着汤姆在曾经的池塘上撒欢,
无尽的哀伤直达心底,
随劲风吹拂的柳条,我的绝望
在河面来回摆动,夕阳也不能予我以
黑夜降临前的些许温暖。

明清以来,我们家一直扎根这里,
你父亲老家虽隶属安徽潜山,
但你出生在海盐,你在北埭度过了童稚的几年。
你的血管里,流淌着北埭祖上的脉动。
今天,远隔天涯,你的北埭基因
徜徉在哈德逊河口的自由女神岛上,
子衿携带北埭基因,行走在西湖边的大厦旁,
这是夜晚来临前,北埭给予我唯一的欣慰。

旷野收留这排柳树,风收留北埭的记忆。

汤姆不知我此刻告别的心,多么凌乱。
妞妞,乡愁的承载被连根拔起,
今后,无论咫尺之近,无论万里之遥,
我们都成了没有故乡的旅人,锚泊的心
时时需要回望,投给彼此温暖的一瞥,和牵挂。

2018. 10

他们都是我人世间的缘分与温暖

南京,三山街,开阔的临时刑场。
夏日阳光照着悲泣的亲朋眷属。
午时三刻,炮声一震,笑评
天下才子书的嘴溘然抿紧。妻子
默默将他的头捧在手上,儿女哭喊着
在人堆中寻找他血泊中的尸身。

一边翻阅老柯《阴阳脸》,痛悼金圣叹
无常命运裹挟的不堪,
一边溺于故乡旧史,追缅乡贤。
彭期生在赣州署中修绝命家书,
另一位武原镇人,母逝,哀痛呕血,
他叫吴蕃昌,节礼有致、温文敦厚。
明清鼎革之际的两位乡人尚盘桓脑海,
早上,当同学电话里告诉我,
二十年前的同事溘然病逝,
过往交叠现在,所有时空都是近前,
近前的人也刹那历史起来,
没有噩耗骤闻的震惊,只略略惋惜——

瘦黑脸,手势夸张,牙齿鼓凸,
不修边幅的笑声。啊,那几近尘封的记忆,
退远,又闪回,蒙太奇般映现。

曾经的同事走了，突然传递的消息里，
仿如没有预警的一阵风，瞬息莅临，
拂过树叶，河面，卷起涟漪，
消失在隐秘光阴的幽暗里。
三十年前，少年不识愁滋味。
纺纱厂绿荫深锁的香樟道下，
青春不羁，爱情羞涩。当我泅游地方史长河，
相谈故老，请益前贤，倚在想象的树下假寐，
眼前晃过一张又一张熟悉，或陌生的脸。
同时代的，前朝的，将来的，
距得很远，又离得很近。我知道，
这非偶然，他们都是我人世间的缘分与温暖。

2014. 8

旗

旗升起来的时候,
大地的草浪一路溃退,
天空骤然高远。
当风把旗
卷起又抖出,
猎猎作响是信仰明亮的欢畅。

开拔的军队经过植物的庄园。
家族的旗,王朝的旗,
龙纹鹰喙的旗,
一面又一面
渐渐远逝,
直至最后消失。
像一截飘摇水草
被无边麦浪
吞噬。

然而,这面
由千万双大地的手
高擎的旗,
它的颜色是血的意志,
凝聚大地的力量。
旗下面,是阵地。

旗的上方，是家园宁静的天空。
傍着旗杆，
个人的胆怯和懦弱
无情地被卷为乌有。

在翻卷的旗下，
人注定不能是
一株随风偃伏的草。

1991. 2

长堤揽腰的湖,胖了又瘦

石臼渐次排开,依山墙。
清风护院,千余面大小参差的磨镜
倒映着云岫庵的天光,云影。

石臼重,莲叶轻。
山坡起伏的庵院、廊檐,
莲荷婷婷袅袅,兀自起伏
绿的,红的,白的
乃至焦枯了的,风情。

石臼是否听见,昨夜,
月亮谒访云岫庵,
蟋蟀振翅,搅碎雪窦井里
暗影浮动的三更天?

莲花一定记得,乌鸦借走云的头巾,
谭仙岭人马漫漶,桃花撵着春风,
长堤揽腰的湖,胖了又瘦。

2012. 9

风声树语(三首)

台风过后

风停雨歇。折断的合欢树也安静了。
纳凉的声音重又聚拢在傍晚的小区门口。
走过那里,虽不及细辨内容,但我熟悉
声音里的腔调。这腔调
我十岁听过,四十岁听过。我想
祖父的祖父年轻的时候,他也一定熟悉。
那些聊天老人,什么样的台风没经历?
他们对抬脚刚走的台风,若无其事,
他们说谁家的媳妇生儿子,
他们说,河浜比往年浅,地还是旱。

风不喜欢形容词

过松林,说松的语言,
蹭山岩,说山岩的语言,
卷波浪,说波浪的语言。
它贴近高高低低的每一处心跳,
顾及水穷处的,每一抹涟漪。

无谓的赞美连篇累牍,

不如摇摇挂果的枝条，
风很实在，不喜欢形容词。

彼此印证的我们

一滴雨，坠落的呐喊。
一片雨，安宁的轮回。
楸树携繁花，回到雷劈灼伤的树干。
枫杨低垂风中。银杏染黄第一柄叶伞。

前世轮回，这雨声。
硌痛砾石，卡住耳朵，这雨声。

雨声。我们彼此印证。

黑鱼引

1

长假七天，路亚
颇有斩获。
露台玻璃缸内
养着十余条。
哪天，哪口塘，啥样水环境，
如何咬口，
全良如数家珍。

我分享故事，分享一条
一斤七两的野生美味。

提鱼回家，
路过理工学校门口，
想到它从池塘被捉将出来，
即将刮鳞剖肚，入锅煎炒，
竟有些不忍。
回忆全良的介绍，
我想起它可能的故事——

两年三年前

落籍海王公路边
覆满菱叶的池塘。
水域中央,敞开
手帕大小的清水面:
若模仿人,它们两口
在疏影临轩的天井
岁月静好。
做针线,絮叨近来
不期而至的雷阵雨。
若不模仿人,它们两口
守株待兔,守着宅院里的
陷阱,守着
天光里的耐心,
待哪一只冒失青蛙
踉跄失足。

(总是在倾听,
捕捉些微声响。
它发愿修行,
盲眼,听音吃食,
不咀嚼,不吐,
张口闭口,
囫囵吞下世间苦难)

(陷于悚然想象,而
不能自拔。津渡叙述
不吃黑鱼的理由)

鱼鳍划水,
流年轻拨。

2

后来又去抛了一竿。
雷蛙拖过菱叶,
掉入天井;
一条更大的鱼
掀得菱叶起伏。
(之前,咬竿
脱钩的那条,不是这条)
池塘里就这两条,
它们是夫妻。
全良手势比画。
我相信,经验
支持着他的判断。

隔着塑料袋
难窥鱼表情。
(如有表情,那将是一张
多么绝望与愤怒的脸)
夫妻中哪位,竟然
比冒失的青蛙还冒失。
我瞬间而起的恻隐之心
是为它

还是为池塘里
辗转难眠的另一位?

饵蛙精准一抛
注销了它海王公路边的户籍;
砧板炒锅
注销了它物质形态的存在;
落入贪婪的胃。之后呢?

几十年,这胃
接纳太多鸡鸭鱼虾,
太多蔬果青菜,
乌压压一片攒动,
汇聚我今天的模样。
明天,透过人形
有谁是否发现,我
攒动的一片里,
新添了
这条迁徙自海王公路边
菱塘里的鱼?

是的,我替乌压压的
鸡鸭鱼虾和果蔬
去热爱一个国家,
替它们去饱览锦绣河山,
去爱一个温婉女人,
去评职称,熬夜赶论文,

替它们去逗一只叫汤姆的小鹿犬。
还替它们穿越市镇街区
在严肃的会议上
替它们聆听意义重大的报告,
在大会的分组讨论上
侃侃而谈,发表
并不高明的看法。

并且,替它们
在太阳出来后的早晨
穿过旗杆旁的小道
进入法相庄严的场所上班。

3

由黑鱼,想到某次音乐会。
统领一支庞杂队伍,
我有比将军更高的职衔。
在音乐厅,隔着十四排距离,
我的队伍向雷电波尔卡,
欢腾的西部舞曲,
向尊敬的指挥,致敬。

不再青春的麾下,
已收编多少虾兵蟹将,
收编的队伍仍在扩大,
飞禽走兽是精锐的少数,

猪鸭牛羊
挤满了血脉贲张的大道。
舞台中央,
指挥谢顶如月
朗照这支杂沓队伍。
它们立正,稍息;
当音乐间隙,谢幕,
它们起立,
鸡鸭鱼虾,稻穗芹菜芫荽,
我激情的麾下
鼓掌如雷。
我细胞的一部分,
黑鱼如痴如醉。

4

替禽鱼抒情,
替果蔬悲欢,
无力蝉蜕,
我有莫名欣悦。

山冈的石头,
河里的游鱼,
鸟声掠过树梢,
花朵肆意开合——
谁替我
在下一轮回里

续接光阴?
是鱼,还是展翅的鸟?

我是神佛的殿宇,
我是诸物的墓地。

2012. 10

第二辑
秉 烛

鹰离去,留下传说

　　　　戊戌中秋,鹰窠顶观日出。呈育邦苏野津渡雨来,
　　　　并世海,兼怀湖山社诸兄。

围堤圈起滩涂,海水逐年退远。
习惯山下潮声相伴的黑松与香樟
以晨风无语的静默
守护鹰之传说,海之记忆。

溪水流山涧,在离去。
江河枕原野,在离去。
四方客来。客来就是离去。
在离去的路上,他们集结,
以鹰的传说,慰藉榛莽错横的滩涂。

太阳手指温和,抚摸黑松与香樟。
鹰窠顶硕大的石块,一寸寸明亮起来。
哦,太阳总是回来,抚摸石块,
抚摸石块前,合影人的微笑。

合影的人一茬茬。集结,离去。
太阳的抚摸并不触及他们微笑下的忧戚。
晨光肆意涂抹暖的色调,构成合影
明亮而硬冷的背景,在渐近的秋寒里。

2018. 9

一路走来，风光无限

过霸王祠，兼致津渡、育邦、苏野、臧北。

小时候读书，以为
乌江水流湍急，两岸辽阔
才阻了西楚霸王的旷世豪气
从竹简沉甸甸的记载，到现在
电子文档便捷的阅读
以为失败的英雄总是悲壮
千百年来凭吊的人多如过江之鲫
今天，我便是其中一条
惊讶于冬天的乌江，江面
并不宽敞，也不显拥挤
水瘦天寒的乌江，有涟漪，无舟楫
鸟影匆促，岸草枯黄

驱车八百里送两棵树苗到如方山
为它们在朋友的宅院里落户
一株枣树，一株杏珠
刘邦和项羽的重要在于历史
两棵树苗于我的重要显然超过了
项王破釜沉舟的霸业
就像惊讶乌江没有史书中的荡气回肠
没有江流滔滔，大浪浩天

我惊讶于千百年来，对霸王的惋叹
失败的英雄何止千百，失败
难道不是命运安在他们身上的角色任务
谢幕了，余音绕梁
奥斯卡最佳男配、女配，或主角
掌声铺两千年绵延红毯
你一路走来，风光无限

楚汉相争那台戏早演完
这舞台后续的戏也陆续退场
唯有你的幕，谢不了
因为你的悲情，太完美，掌声一轮轮
因为不断有人需要消费你
以凭吊的名义，演绎他们和历史
无关痛痒的心情

2012. 3

鹰窠顶,和津渡雨来喝早茶

清晨,鹰窠顶巨石涂了一抹橘红色。
灰暗的滩涂之上,旭日升起,远海明亮。

铺开十五年前在湖南买的土家蜡染布,
摆出我的热水壶,津渡的茶盅。晨风寒爽,

洗涤披星戴月登山者的倦意。几百年前,
来此观日月的人再未现身。但今早他们来了,

从我阅读过的书里,和我一起赶早出门:
陈梁,吕留良,黄宗羲,以及未留名的僧人。

2016. 10

夜登鹰窠顶

来过几次,再不敢半夜上来。
那阴风,瘆人。在南北湖
留下《山居十八章》的诗人,瞥一眼鹰窠顶。
松影黑黢成团,匿藏几百年
日月并升的传说。
他脖子缩进衣领,丢下
落叶辞远树的一句话。匆匆回走。

鸿儒来过,盔甲将军来过。
前朝的落魄士子倦眼倚树,翘首以待。
心里念叨日月为明:传说却从未被印证过。

星夜暗淡,月影重重。
风声追撵獐麂,驰逐的心湖边渴饮。
从麂山脚回望鹰窠顶,云岫庵灯火藏掖,
隔树影,一闪,一灭,
似在针灸湖山落枕的穴位。
传说加持的故事,也终是山水要痊复的世间瘀伤。

2018. 7

且到唐朝去

解缆登舟
且到唐朝去

你住长安,岭南
或戍边轮台
我在成都,交趾
或游吟江南
让我们相隔遥远
让我们像两个唐朝诗人
诗文酬唱,彼此赞美
并慨叹:人生不相见
动如参与商

解缆登舟
且到唐朝去

天子一道诏
提剑赴四方
管它是哪年哪代的烽火硝烟
兄弟一样冲锋陷阵
搂肩,醉酒
轮流披一件腻垢毛毯
三月不剃须,弯弓射敌酋

海靖河晏那年
解甲归田
我们碌碌于膝下儿女
垄上麦苗
隔天涯,而杳无音信

2010. 4

春日短章

1

彩鲦围着花瓣喋喋戏水,黑耳鸢临风
掠过江上船影。平稳之镜刺伤眺望的眼睛。
年逾一年,羞惭的心啊,春天里
无处安放的倾诉,我江天辽阔的黑耳鸢。

2

如果诗是救赎的谵妄,谁会是那喋喋不休者。
如果大海挥舞浪涛,撕扯忏悔的胸膛,
我能借用一枝蓓蕾的无畏作比喻,
宽恕大海,孕育无尽灾苦的玄牝之门吗?

3

溪水十里,杂树生花。越来越多的
经停,越来越少的感动。乌桕树,领雀嘴鹎;
苔藓的暗绿之火点燃岩壁。一条草蜥
身背灰白长斑,悄声爬过王国静谧的疆域。

4

草木在雨水中修行。蜗牛拖拽硬朗的尊严
卑微地活着。不是顽童,不是风雨掀落的砖石。
当蜗牛被碾碎,为之哭泣的人
拥有岁月赐予的风烛之躯,长者之心。

5

节气里面住着桃红柳绿,住着麦穗、青蛙、
霜雪、冷风,还住着木犁、钉耙、水车
这些新鲜如斯客人,这些过去和现在的故事,
就是你的节气,我的节气。

6

我要动用春天的力量,我发誓。
动用春天的力量,能干什么?年轻的狂放
与明亮!当又一个春天莅临大地,
鬓角新染的人啊,悄悄掩饰春风里的衰败。

太湖东山行（组诗）

夜宿陆巷

早安，太湖！
昨夜我睡去的时辰，
你携八百里风浪，去了哪里？

睡去的时辰，黑暗中
陆巷街衢井然。
唐朝的人汲着唐时的井水，
王宰相府第，洒满明朝正德年间的阳光。
大年初三，弄堂里行脚匆匆，
真草隶楷，多少帖子奔跑在拜年路上。

睡去的时辰，黑暗中，我去了哪里？
自怜自艾的问题被世俗的孟浪
拍进夜色中的太湖：一众兄弟举杯——
天下文章。券据。知己。
雨来苏野鼾声起伏，北兄端雅抚琴，
育上人一曲四季闹春，津渡星夜兼程。

早安，太湖！
你八百里风浪哪儿也别去，
你就摇一摇肩头消瘦的芦苇，

你就把你的名字，放在我嘴里轻轻念出。

剩下一面，落太湖

寒谷渡，落霞渔浦晚。
外出三月，赶考的举子回来了。

水波悄悄，拍打瘦硬的石埠。
哪扇门吱呀一声，让进落魄的身影。

陆巷中央，街弄顶举高耸的三座牌坊，
阴影从不同方向投进士子读书的窗户。

北侧会元，朝南解元，东边一品探花。
剩下一面，落向茫苍苍太湖。

访三峰禅院，听育邦读诗

育邦在三峰禅院的香樟树下
诵读去年写的《三峰禅院》。

"我说'早啊'，
僧人双手合十'阿弥陀佛'！"

鞋底踩在碎石坡道上，咯吱咯吱响。
满坡梅树缀满花蕾的珠子，急切切地
咧嘴而笑：星星点点，唇红齿白。

这个不知道宗喀巴是何人,不知道三峰
是何意,操浓重东北口音的敦厚
中年男人,就是去年双手合十的僧人吗?

去年,鞋沾雨水和桃花。
今年,我们细雨上山。
僧人倚门洞,看育邦读诗,在香樟树下。
咧嘴而笑的梅花,听育邦读诗,在香樟树下。

我们追着自己的脚步而来

从姜氏家庵到寒谷山庵、寒谷寺,
从明万历年到清乾隆五年,到现在,
观音殿、纯阳殿、斗帝宫,毁毁修修,
摇身变成一处景点。

夕晖涂亮明黄山墙。礼佛客陆续下山。
暮晚,寒谷寺失却昼间的年节热闹。
一阵风蹿进山门,香烛打个趔趄。

衲子大步跨出佛堂,追上来悄声问:请香不?

走村过巷访寒谷寺,不为寻景,
循着愿望,我们追随自己的脚步而来。

2015. 2

湖山修禊（两首）

　　11月5、6日两日，众诗友不顾路途远近，为酒事匆匆一聚，自号湖山修禊，一笑。

岭间风寒，杯中取暖

我固执地称之野鸭岭，而非景区宣介的奕仙城。
深秋阳光照亮铺石崎岖的岭上坡街。
风掠过湖面，爬上山冈，捎来游客消息。
一宿醉意，还在踉跄，他们自谓风雅之人。

奕者难觅，仙踪飘渺，我凡俗世界的兄弟
昨夜抱在一起。岭间风寒，杯中取暖。

若没有酒，他们就不会爱上喝酒。
若没有女人，他们就不会爱上爱情。
若没有诗歌，他们就不会滋蘖辗转的痛苦。

鹨哥缄守野鸭岭秘而不宣的风情往事。
柳荫游鱼唼喋；残荷收起夏日妖娆。
岁入中年，进山者窥见杂树密密拢着的尚书坟。
墓前石兽虚掷光阴，头肩覆满心事重重的绿苔。

打结的舌尖滴落鸟鸣

被酒瓶踢倒的人伤于自怜,
被秋风吹凉的额头睡去醒来。

日月星辰亦不过杯中乾坤,
兄弟相拥,在他们打结的舌尖。

灰椋鸟迁徙的鸣叫,滴落在晨雾。
多好的一群:越陌度阡,辗转吆喝。

今晚,他们被南北湖的月亮照醒。
夜色未明,还可藏几瓶旧酒,一抹新欢。

2016. 12

和心培津渡全良诸兄游梗园①

栽竹植木,曲水院廊。
阁楼亭台,粉墙漏窗。

听见平兄说念汝亭,
吃玉梅嫂子的柴灶米饭,
梗园,怎一个游字说道?

叠石砌梦之人中途换上唐装,
细述耕读传家,族祖曾经的光辉。
石蹬径幽,无隐之人敞轩临风,
纵目处,油绿橙黄,麦田菜花墨彩恣肆。

砌梦的皓齿明眸。
砌梦的娉娉婷婷。
砌隐秘的愿望,在
不为人知的所在。卧松下,且醉去。

竹根笯前,石臼搂檐水,
泠泠然;黄昏渐暗的怀想里,
垂丝海棠挂满树灯笼,
映照树下,五百年家谱。

---

① 梗园为百步徐见平兄私园,建有"念汝亭""无隐亭"。

庭前兰花甩开膀子,与海棠争春。
有谁说,这么纷繁热烈,可以分盆啦。

2014.5

顾山礁

浪卷潮淹，
日晒雨淋，
顾山礁壁岩赭红
磨钝的棱角
咯痛
呼呼的风。

海浪叠叠
把鹬鸰细微的羽影
隐匿。

除了常年疾风
蹂躏偃伏的
蔓草杂树，
除了天
展陈
杳无人迹的空旷。

除了南迁北徙的候鸟
歇下
风尘仆仆的翅膀。
长山东北端
对面的小岛，

你上去，下来，
略胖的身体
披着暮色，
奋力拨开茅草，
又彷徨着，
寻觅下撤路径。

我在长山，
你在顾山礁。
隔空，
你喊一声，
我喊一声，
荒芜的岛礁
回应漫天涛声。

海沟里的水
因涨潮而湍急。
你游过去，
上礁，下礁，
再游回，
一边按凉鞋扣子，
一边气吁吁地打战：
下面漩流很急。

2008. 9

车上坐着彩云之南的少女之心
——给子佩

岁月打开身体里的山峦和草木
一只鹿蹄跳飞跑,寻找它的紫苜蓿,柴胡叶
饮水湖边,它头角年轻
心无旁骛地叉起心底的月亮
此时,东海潮涨,洋流裹着小黄鱼的非凡梦想
雨水赶脚过山脊,隘口的蓑羽鹤回望川滇
看见公交路过武侯祠,车上坐着彩云之南的少女之心

2008.12

古 镇
　　——写在上海朱家角湖山社小聚

一条湍急出山的小河
掖藏多少浪花，才修得
世所称道的沉稳、辽阔？

一座古镇，需保存多少明清老宅，
才能充实它浓稠的方言叙述？

过一个又一个古镇，
过一座又一座老宅，而匆匆。

无意探寻幽深厅堂里
鹿鸣顶戴的荣耀。无意从账房
嘶哑的声音里探寻年岁地租的收成。
燕子衔春泥。夏至，
裹脚少女的团扇不再寂寞。
檐水唤醒荷缸，槐树贮藏年轮。
当游客驻足，能嗅出
天井里，欢爱后的霉味；
轻叩窗棂，隐约听闻
无拘的笑飘过走廊，传回屋檐下
轻缓的叹息。

每座老宅，每扇虚掩之门，
安静地坐着岑寂逝者。
他们在等待邂逅，等待
被叙述，等待偶然的唤醒。

每次，穿梭在巷子大同小异的古镇，
那些斑驳粉墙筑起的岁月静好
让我敬畏，却生出漠然的距离——
人生故事，千百年何曾有变，
老宅里的故事，无非
是我左右前后，那些游客的故事，
我的故事。

2017. 11

梦见森林在奔跑

今夜，我梦见奔跑的森林，
一棵棵树，矫健的身影晃过眼前。
我试图抓住什么，但不能。
像海水下的扇贝活在沙子里，
羡慕燕鸥，翅膀滑过天光云影。

我激动，被一种喧嚷惊扰。
隆冬的夜晚，天空旷远，
生活鲜亮的部分被星星贮藏，
它们隐身时间深处，孤独，清癯，
不为人知。犹如子夜时分
遗忘在梦中的火树银花。

追撵奔跑的树，扯紧星星的头发，
策马驰往漆黑的海。
周遭喧嚷动荡，却悄无声息。
我一路扬鞭呐喊，惶惑不知来路。

2012. 12

澉浦早烧，与诸君同行

借小街粉墙逼仄的檐角，瓦楞，
能望见长山岭脊上的稀疏黑松吗？
偷窥线装书油墨沉静的天井，
能让目光越过尘封刻线，越过古港
失忆的山麓，海风瑟瑟的茅草，
瞭望天边来的帆樯吗？

当锅盖掀开热气腾腾的羊肉，
灶台香气四溢。一时栉比店铺，乃至
铺前匆匆的乡人，都浸淫于
百年前，沿街盘桓的旧味。
好奇的旅者未曾恍惚，身上却沾满了
前时温暖的回忆。

一部《澉水志》，未记载早晨的糯米烧酒。
一部《新澉水志》，亦未记录文火煨铁镬，
大厨潇洒地瓢满满一勺料酒。
是某年某月的哪一位，替煮海为盐的人，
替樵夫耕者，替码头上的苦力，
替自己，做一次冒险的命名：澉浦早烧。

都说古镇港口，都说舌尖早烧。
来了又去的人，带走一个世间早晨的况味。

2016. 3

勇敢的螃蟹抓伤了城市僵直的街道
　　——给津渡

我们走出酒吧。夜晚的黑挤在河边草丛
暖身子。疾行的人踩痛了它们的耳朵。

霓虹灯搂着彼此的腰,在市河的倒影扭来扭去。
电话追着电话,追不回远去的车轮和朋友。

本地的,外省的。风揪扯着皱巴巴的外套。
忽然想哭。星星树叶一样稀疏凋落,多么空旷的

十二月!猛摆酒意阑珊的手,风急急拦出租车,
你是跳过去的。车尾灯萤火虫般消失在远处。

2008.12

南阳乌有塔

未与南阳小聚,在南北湖边荇菜诵之。兼致湖山社永伟育邦津渡等诸兄。

荇菜参差,滋养采风官的木铎。
不拘何年,木铎声
总会在展卷的刹那飞出纸页,
叮——叮——
拖着《诗经》里的木屐,
高一脚,低一脚,
在田垄,在沙洲,宣教政令。
篝火添柴,男觋女巫,
录得采风官木板上的风雅颂。

南北湖荇菜参差,
开出盏盏金花,铺满湖面。
游鱼唼喋,水汽吱吱。
鹭的素影翻过缄默如墙的芦苇,
翻过我风月挂碍的无聊往事。

南阳有塔乎?没有。
荇菜参差,滋养采风官的木铎,
也滋养不驯客,那些被荇菜
慷慨收留的人。南阳有塔乎?

有！有他们的诗酒乌有塔，
有他们热忱敬献的国，
倘若没有塔，我，他们，
将是什么？倘若没有荇菜，
我，他们，又将会是谁啊。

2018. 7

第三辑
蓬蒿逆风

失眠词

1

一支蜡烛点亮在黑暗边缘。
悬崖的恐惧属于白昼。
我学会在暗夜闭上眼睛,
习惯那朵微小之火,发出虚拟的亮。

2

半夜醒来,一动不动的睡姿很安宁。
闭眼比睁眼看到的黑暗
更熨帖,均匀。
人,世界,作为物的存在,
除了体内丝丝声,回响在耳蜗,
除了似有若无的耳朵。

3

几乎忘记了身体,
这虚名所惑的滞重。
那所有的消失,所有遁形的
辨识,大概就是我吧。

如果在黑暗里睁开黑的眼,
如果翻身,摸到脸,
那人大概也就回来了。

4

长夜如摇篮,
收纳白昼衰弱的成长。
重新唤回,童叟无欺,
格式一新的少年嘴角流涎,
他闻到了韭菜炒鸡蛋的香味。
而熬夜多么不德,
失眠又多么令人羞赧啊。

5

夜色合拢的黑暗里,
我侧眠在床,
右手朝上,衬托脸颊,
我有不被黑暗察觉的微笑,
我有不分享给黑暗的温暖。
冬夜里,我有
抵御寒冷的心烛之火,
有排除遗忘的念念之词。

6

适应没有轮廓、声响的黑,

世界聚拢于我间或苏醒的触觉。
适应黑夜,便催生出
我对白昼的勇气。
毋须焦虑感官的置现方式。
毋须为裸露设计栅栏深重的保护。
长眠地下,莫过于此吧。

7

假寐的人想到"鸡既鸣矣"。
晓闻马嘶,茂陵刘郎穿秋风的鞋子。
这些使人免于沦陷的稻草
维系漂移的思绪。
山涧盲者伸手摸象,以绵薄的
驰骋之力,驱策湿滑的石头。
鼾声如流水。

8

夜,既黑又稠,
包裹永不孵化的蛹,在地下。
我竟有些害怕窗口露白,
仿佛是白昼带来生老病死。
六月彩虹,映出死亡的阴影。

用词语翻越紫禁城

在一首诗里,
我要用通俗的词语
架梯子,翻越紫禁城
森严的围墙。

撕开空气弥漫的阻拦,
挖开太和殿前光滑可鉴的
石板,刨出几百年
未见阳光的土。
我要在上面种一棵树。

名词勾勒枝叶树干,
形容词记录鸟鸣虫声,
然后,用动词
设计宫廷骚乱。
刺客萧逸,而剑术无章。
(我厌恶血,猩红)
皇帝惊慌失措,
倒拖鞋子蹿奔不迭。
这已经满足我
在这首诗里
关于冲突的全部高潮。

皇帝躲进我左脑，
刺客追在我右脑，
我决定
左右两行
永不相遇。

还有一次，
刺客隐身蹴鞠游戏。
皇帝突然一阵慌，心绞痛。
他端好架子，
准备踢出去的脚
莫名其妙地
收回来。
不忍下手的侠客
研习劈刺多年，
他需要完成对自己的交代。
皇帝是假想敌手，
他需要皇帝，
比需要自己更甚。
他隐身空气，
他不忍加害病人，
他化成词语，
他的忏悔
感动了我。

无力控制诗的结尾。
我看见殿前板结，
树根疾行，咔咔作响，

掀翻一块块地砖,
爬上丹墀精致的浮雕。

我看到树
矗立田野般
站在殿前,
周围风声鸟语,
周围葱绿蔓延。

2010. 10

全在喝的偶然性

弄堂口,瓷模酒保一身蓝衣,
肩搭毛巾,右手执壶,
风雨无阻地站在路边,
寒暑不减它的微笑。

每天上班路过,和它照面,
有时我是屠狗樊哙,
有时是飘蓬的杜甫,
有时是私盐贩子,
有时,是武二郎。

响起随便哪个朝代的吆喝,
我就端起随便哪个朝代的酒盅,
喝随便哪个朝代酿的酒,
成随便哪个朝代的人。

酒后可以揽牛车,骑驴,鞭马,
不可以驾车,坐飞机,
世界予我的际遇,全在喝的偶然性。

2017. 1

纵有契合

在泰山,
秦王汉武站过的地方,
放眼他们放眼过的风景。
在曲阜,
手抚乾隆小憩时靠过的龙柏。

浙北县城郊外的路上,
今晚,月亮挤开云层,
露出皎洁圆轮,
我想,这不是挂在大明宫檐角
和滑过石头城女墙的月亮吗?
心里顿时淡然。
有什么值得欣喜与激动的,
此间事,纵有契合
也只是你的事,你的月亮。

2014.8

被打开或未被打开的空间

一篷棠棣,盛开在桥堍拐向林荫道入口处,
枝条缀满花朵,让一隅明亮起来。
驻足花前,我惊喜于复数倍增的重瓣棠棣
给逼仄空间,打开了一片汪洋世界。

我想,人这一生,有多少未被触发的情感
折叠在枝条未伸、花蕾未绽的棠棣下,
有多少悲欢,错过邂逅的命运,
又有多少世事轮回,匿伏于个人际遇的
骨相筋脉,而从未被打开。仿佛从未存在过。

如果像这篷棠棣,热烈,大胆。
如果,枝条勇于突破慎微的早年,在春天
肆意招展,我就不后悔。但未绽的蓓蕾
终究对蜜蜂,关闭了通向未来的隐秘隧道。

2018. 5

幸好有月

一

月光僻冷,照着平坦又崎岖的大地。
驰骋想象的疆限,哦,幸好有月。
溥天之下,还有王的鞭子所不及的地方,
率土之滨,还有故国遥远,供想象挥霍。

怎样的善念,使造物主在众生头顶
悬一枚月。这够不着的永远安慰,
这刺破幽邃的白玉之光。
度大地于黑暗的温暖。哦,幸好有月。

夜晚浩瀚而暗冷,神的漫游悄无声息。
收留多少城池山野的古今眺望,济之以
沧海漂木。你,我的月亮,
我的物的善念,生死间唯一的意义。

二

天空只有一条鱼。弦月叉腰,鼓腹,
受孕于万籁俱寂的夜。硕大的产房
留下幽独的逡巡者。

它排卵,一枚星,一枚星,
排遣星卵连珠的想象。人并不孤单。

在没有星月的夜晚,天空失去经幡,
漂游的眼睛难觅逃生黑暗的隧道,
我只能,落葬于自己身板瘠薄的丘垄。

2018. 4

乱辞三章

一

我小心翼翼避免成为被赞美的人。
庄稼卑微的阴影里,岁月虚胖,
人在消瘦。支棱的骨架经常沦为
自我厌恶的格式。多么悲哀!
就像远走他乡的爱情总在半夜潜回,
从骨头的接缝处反复冒出,困扰不幸者。

二

如果抒情,今晚的雨水
我会写梅子黄时雨,
会写一任阶前点滴到黎明。
但抒情的心一点都没有,
诸事缠身,内心空落,
为赋新词去阿谀人到中年的逢迎,
让尘色暗淡的脸,去博镜子里的
粲然一笑,多可怜。

三

能在雨声里等待什么?

等过夏至秋分的消息,
等过伊人的叹息。
风停雨歇,世事乖张,
两手空空的人等来年轮碾轧——
成功者享受荣耀,机智者收获掌声,
脸上辙痕重重者,匿于烛影,
不断尝试,把莲花植入心底。

2018.5

太阳落山

1

平原,没有山
词语"太阳落山"
让平原和山产生关联
太阳西斜
落到村后
落到田野尽头
蹲在田垄上望落日
想象山
想象山后事物
想象词语所指
脚难以抵达的远方
心里便涌起
晚风般漫散的苍凉

2

讲故事者跋涉而来
听故事者欣喜悲欢
讲故事的满腹杜撰
听故事者陡增洞察世事的睿智

太阳落山,灯熄人散
也许,从未有
讲述者跋涉而来
也未有听讲者激动流泪
只有两块泐痕皴裂的石头
在田野
日晒雨淋

3

落日熔金
我没有金子,两手空空
若有,就铸一枚族徽
今世未能娶你
就娶你的名字
刻进徽章褶缝

4

风吹动窗帘
蓝色音乐漏出木缝
斑驳门框噙含墨水纸条
太阳落山
慌不择路的蚂蚁
困在花蕊
等晚风送凉
西墙的牵牛花才会
重新亮开嗓子

送蚂蚁回家

5

太阳落山
从自己故事
抽身的人
鼾息床榻

爱黑暗里诸事万物
爱没有边际的硕无

2018. 7

撕碎盔甲束腰的自己
——在友茗檀分享《瓦尔登湖》

一双，两双，三双……很多双
我不说濯足。我说一众人洗脚。
白皙的，纤弱的，跬皮粗粝的脚。

遑论序齿论座，
未必风雅品茗。

寂寞者袖来孤独的手炉
取暖。仿佛蚂蚁，伸出触角碰碰，
旋又各自，埋首匆匆。

地球另一端下着雨。暮色里
密西西比河水涨上来，昌耀说
地球这边，斯人独憔悴

地球这边，这么多人怀揣
梭罗在木屋里打造的小镜子。

有人说，地球另一端，那湖水也该涨上来啦。
星星一样繁多的，瓦尔登牌小镜子。

瓦尔登湖水静得如此执着、硬朗，

映照城市充血的眼睛。

如果斯人可以泛指。比如怯于春风的远眺
比如成千上万人怀揣的，瓦尔登湖镜子
那么在镜面打滑、趔趄的蚂蚁中

一定有我，在一点点
撕碎盔甲束腰的自己，煨手炉

2016. 11

澉浦吴氏及其他

晋南渡，吴氏扈从渡江。
族居天台深山，村曰水竹。
居数十世，祠垄坊楔，世有遗存。
明兴，有司奏澉浦当海冲，宜城。
诏为城，移浙地大族人户实之。
吴忠，天台吴氏季子，应募徙居。
澉属海盐，遂为海盐吴氏。
初世犹归葬天台山。
嗣有节妇者，负夫骸南归，
吴氏宗人拒之曰：
"外死者不得葬于家墓，俗也。"
节妇请曰："我呢？"
"看你卒何处。在此，则附葬。"
节妇乃绝食三日，尽吞所负之骨，
缢于垄木。宗人痛之，遂厚瘗焉。
澉浦吴氏，后遂无归葬者。

世绪远溯，家族悲歌。
当吾朱氏五百年祖居旧宅，被推土机
碾压，宗脉血地被连根刨掘，

在吴麟征①家谱中,徙居与落籍,
我读到了姓氏的坚韧与不朽,苍茫与悲凉。

2018.9

---

① 吴麟征,明代海盐澉浦人,字圣生,天启二年进士。禅悦寺在澉浦,为崇祯十四年(1641),吴麟征救济安置灾民之所。崇祯十七年(1644)三月,李自成攻北京,吴值守西直门,城陷,殉节。一个半月后噩耗传来,因时局动荡纷乱,吴氏家人不敢对外报丧,及南明建立,传旨州县,才发丧。

在南北湖的讲座

提问的少女没有来,
准备的答案犹豫再三,
禅悦寺有六天钟声喑哑,
那是三百七十年前,我不忍提起:
仲夏的澉浦,有人准备衰绖,
有人憋住哭声,
有人版刻生死一念的
甲申年谱。

前清,民国,
宝纶阁①的下午,
一直有人在等雨。

2018. 9

---

① 宝纶阁,吴氏建在南北湖鸡笼山边的宗祠。清代,盘桓南北湖的诗人骚客,及吴氏后人,多在宝纶阁休憩,赏揽湖山景致。

第四辑
礼 物

岁暮日,山寺饮茶

风倦歇,躲到山后,
绿叶辞远树,酝酿新的轮回。
我身手空空,无旧可辞。
进山,入寺。山僧不打诳语,
向奋疾的青年指点他眼里的江山。
其实,人何尝不是物理身高为海拔的
山,供奉着自己心里的佛,
及来来去去的烦恼,与困扰。

沪上来的女子求解签,
末了,谨慎地问签条怎么处理,
僧人合掌,挥挥手,化了吧。
她什么也没留下,什么也没带走。
她转身,转过辞旧迎新的门槛。

2017. 2

一棵树

一棵在风中弯腰的树
一棵体内奔涌千万条河流的树
一棵被雷电闪击过的树
一棵睫毛挂雨水的树

一棵收藏风声鸟语的树。
一棵拍响叶掌分享内心快乐给风的树

这棵将经历生老病死的树,此刻多么健康
这棵不会踮起脚尖张望的树,披着流云烟岚
就是这棵树啊,昨天,一只小虫子
在它绵密的年轮里,安了家

2002. 10

海滩生起篝火

捡拾漂木的人回来。海滩生起篝火。

潮声模仿一万只面目模糊的野兽。
吼声从远处,贴着滩涂,向火,披掩而来。

一万只逼近的野兽,突然驻足——
黑暗对光明的谦卑;火对海,温暖的蚀刻。

激昂的进行曲。谁的口琴星夜独奏?
一只搪瓷杯,轮流传递在彻夜未眠的岬湾。

1993. 10

他需要爱的想象

他深爱着他的爱情,而非
爱情里,曾花容月貌的沧桑女人。
他需要爱的想象,不需要想象之中的那个
女人。虽然,关于逝去的爱,
她是不可或缺的名字;关于青春,她是
不可触碰的伤疤。但现在,他只爱他的爱情,
犹如爱裹拥火把的黑夜。黑夜里,
当她披月归来。也唯秋风马嘶,天语萧瑟。

2018. 6

不提那些名字了

不提那些名字了
那些如雷贯耳的名字
或者,涓涓细流般安静的名字了
他们坐到我对面,这些面庞迥异的脸
有的沉着睿智,有的狂躁似火
有的语调徐缓,不时夹声叹息
他们诉说内心的苦楚,诉说被爱情
折磨得苍白的心
他们中有的情绪激昂,跳上桌子
愤怒的手指向窗外,恨不得掰下月亮的弯角——

是的,他们把我带到了并不虚无的远方
许多这辈子我的双脚永远也不可能达到的地方
足不出户,我浪迹天涯
翻开书本,我经历了那些本不该经历的痛苦、欢乐
在安第斯山脉,信念支撑我头顶星光
紧跟一支队伍穿越八月丛林
在爱琴海的岩石上,我逗弄阳光下的蜥蜴
在北欧晨雾阴冷的盘山公路边,踢飞一粒石子
它坠落崖壁发出的绝望叫喊,扯伤我的耳朵
在一座遥远的美洲城市,红色手推车
以及,送一对老人回家,半山腰
我眼眶里打转的泪水

不提那些名字了,无论人名还是地名
从翻开的书本里走出来,他们
就是我的名字,我的履历,我的爱和痛
曾经我把这叫作阅读,现在不
现在是推开一帧帧装修各异的门
我去走一段从没走过的路
去流浪,去战斗,去为信仰忍辱负重
去爱一个不该爱的人,去寂寞、彷徨
把自己抛到荒原上,像一个等待领取圣餐的孩子
仰望星空,内心浩茫

在我的经历里能找到的那些名字
就不提了。我被岁月磨蚀,逐渐黯淡的眼神里
他们是时或闪亮的火花,是我刹那的回忆

1998.2

音乐厅

一只鸟在竹林里，嘤——嘤——
一只鸟在竹林里，嘎——嘎——嘎
一只鸟在竹林里，啾啾，啾——
一只鸟在竹林里，咕嘟噜，咕嘟噜
一只鸟在竹林里，喈喈，喈，喈喈
一只鸟在竹林里，叽喳，叽喳，叽叽喳

是同一只鸟吗？

它们曾经是同一只鸟
它们拥有同一知音的耳朵
它们获得同样美轮美奂的倾心赞美

下雨了。竹叶潇潇
啁啁，啾啾……藏在耳朵里的音乐厅

2018. 3

乡村草滩

我见过热恋中的花朵,
我听过爱情潮水般的喧响。
在乡村,在一片草滩——

淡紫色的,米黄色的,
遍及草滩的野花汇成波浪的海洋,
它们你一句,我一句,细细碎语
使路过的风沾上了爱的甜味。

蜜蜂上下飞舞,像邻里帮工,
正忙碌地把阳光,一勺一勺,
勺给踮起脚尖的嘴唇。

仿佛莽撞的人误闯隆重的乡村婚礼,
在草滩宁静的一角,
我手足无措,深怀歉意,
在为不知该找草滩上哪位居民
送上心底的祝福,而局促不安。

1996. 5

企鹅也没有停止脚步的意思
——看纪录片《帝企鹅日记》

觅食,求偶,生孩子,过冬。
复又觅食,求偶,生孩子,过冬。
一回又一回日升月落,
一次一次漫长的冰雪消融,
不变的,是迁徙在阒寂冰川上
一年又一年的,企鹅。那黑白礼服
裹拥着的坚韧与炽热。

假如有户籍,有族谱,
有功名传颂和财富的积累,
漫长冬季里猛烈刮过的风会驻足,
会朝企鹅悠久而模糊不清的历史

低回、致敬吗?

掉队,迷路,冻饿而亡。
我放弃了区分这些死亡的努力。因为
冰川上消失的,总是相同的背影,
死亡叙述的,总是同样短暂而狂热的故事。
它们的哀号和狂暴的风雪一起,
编织着不为人世所知的波澜壮阔。

觅食，求偶，生孩子，过冬。
埋伏在生命路口的这几把镰刀
收割着一茬又一茬前赴后继的梦想，
镰刀没有歇手的意思，
企鹅也没有停止脚步的意思。

2003.4

菖蒲谣
　　——给藏北

菖蒲从山里来,
带着溪沟水声来。
菖蒲从山里来,
带着深涧幽静来。
菖蒲从山里来,
带着根节绿意来。
菖蒲从山里来,
带着朝代年号外的
草木纪元来。

老虎卧伏山冈,
细风吹落星星,
虎须微微抖动。
这菖蒲的名字啊,
这虎须抖动的细风。

你说不易养,急急来问讯。
不急,不急,哪有难养的闲情。
端得水土不服,明年,
再请山涧客人,落户你家院子。

2018. 8

仿大卫·伊格内托《这是子夜》

深夜在海边，漆黑又安静。
涛声在远处。似乎有小提琴，
黑色礼服的合奏，在指挥泰坦尼克
造访印度洋、大西洋、南海，
沿太平洋辗转不寐的海岸。

独自一人仰躺石堤，
澄明之光返回心底。

潮声如浪，浮沉。
风送音乐。
仿佛，耳郭承载孤独的音符，
世界，摆渡到了虚幻的尽头。

2018. 7

一次关于武术的聚会

我研究过肌肉与骨骼解剖学
对奇玄的东方经络与穴位略知一二
追随红血球奔赴筋脉之河的尽处
我对神秘事物素怀敬畏,但也并非觉得莫测
闻鸡起舞,柳叶飞剑。武术腾挪身姿
在历史纪元的舞台剧里光影闪展
这些供我们想象,足矣。有朝一日
半梦半醒时辰你我都是江湖侠客
当我们被上班的闹钟叫醒
需耐心将肌肉骨骼从疲惫的池子里
逐一捞起,安置妥帖再容装出门
其实,功夫之于经年累月的意义
是我们,获得了邂逅的契机
在繁琐的日常之外,获得了片刻解放
在功利的积习之外,获得了谈谈玄奥的快乐

2017.1

海边（组诗）

黄　昏

空旷的天空倾泻亿万吨寂寞的光线，
嶙峋的瘦肩如何承受？

滩涂荒凉，衰草离离，
涛声一遍遍拍打着执着的堤岸——

海水的羊群不断涌出十月的窗户。
一抹夕晖，驾着云团匆匆离去。

几只灰鹭列队飞过杭州湾的小岛，
浅浅的翅膀肆意没有归宿的命运。

岛　礁

不需要辞藻的精心修饰，
这些粗粝的痘痘，一粒粒
裸露大海青春的暗伤。

享受阳光的波浪心无旁骛，
它们飘动的裙子缀满鱼形纽扣；

桅杆一路犁开,花朵沿途绽放,
在燕鸥疯狂的记忆里,
比盘旋带来更持久激动的
是风声啸叫着,滑过叉开的尾羽。

下　午

喧嚣的大海铺展耀眼的波浪,
几条小船在阳光下摆动起伏,
随波浪摇摆的,是下午的昏昏欲睡。

一条白色海轮缓慢驶过。
没有汽笛,只有三五只灰鹭。
没有车来车往的热闹鼎沸,
对面小岛,隐约飘来的鸟鸣。

潮水前赴后继涌向石塘,
瞬间的喜悦被浪花奋力举起;
一对情侣在台阶下嬉水,
宁静的下午被他们幸福的话语声点亮。

2000. 5

海塘多么空旷

除了风,除了涛声,只有
他大步流星的金发在风中飘扬。

被甩到身后的,一块块褐黑色条石
是我的祖辈,用骨骼铸钉,
用汗水砌成的捍海石塘。

几百年来,它替一茬茬水稻,
替水稻上的村庄,替丰沛的杭嘉湖平原
挡住海水。对这些,
来自异域的外国人不可能知道。

我们迎面走近,像两只蚂蚁
伸出微笑的触角,碰了碰。

一周后,又在涛声里遇见。落寞的人
拐过芦苇青翠的滩涂。远远地
一南一北,同时举起手臂,
像老朋友,像两朵陌生的浪花。

怀揣照亮彼此的片刻温暖,又埋首
各自的匆匆里。

台风欲来的季节,海塘多么空旷!

1994. 9

邂逅夜鹭

大路岔出便道，通向林后小河。
我和狗，驻足临河平台。
杂树护岸，月色粼粼。
平台东边一截树桩，一半浸泡水里，
一半躬出水面，呵护新抽的嫩枝。
两只夜鹭轮流站在树桩上值守，
以新枝掩护，捕捉鱼虾。

我和狗每次经过，夜鹭惊蹿，
飞到对岸楝树上，目送我们两个
一前一后湮没在暮色里。

我知道，狗也知道，
每隔几天就会重复这样的邂逅。
今晚，夜鹭夫妻没有出现，
狗竖紧耳朵，在平台来回嗅。
它有小小的兴奋，朝对岸张望。

2017. 9

北窗口

飞行的金龟子划出黑色弧线,
半途略一沉,复弹起,
疾速前去。倾斜的竹子打个趔趄。
隔着竹林、河浜,河埠洗刷的声音
漏过竹叶细密的碎语,
锤响空旷的午后,很亲切。

河边枣树飞来一只白眉地鸫。
从北方到南方,每年九月
候鸟总要路过这里。
找一个词来形容:风尘仆仆。
由衷地送上内心的赞美:坚韧不拔。
啊,命名,形容,多么快意,
就像我们称它白眉地鸫,称它鸟,
就像这些原地不动的竹子
一辈子,在光阴里跋涉。

乡村宅院需要多少阳光
才让前后三十年的竹林身披同一片翠绿,
才能蓬勃它清瘦的愿望?
究竟需要多少明月,才会照亮它
滑落梦中的露水?
白眉地鸫潜入竹林深处。待它飞回枝头

迎接它的，又将是多少年后
哪一双兴致盎然，而黯然神伤的眼睛？

2007.10

蹲在那里太久了,这堆雪

蹲在那里太久了,这堆雪。
从年前到年后,春节的热闹渐行渐远。

这堆紧挨香樟树的雪
被上午的阳光照亮。在城市
熙攘的马路,在男红女绿
匆促的步履间,刺眼,不合时宜。
像来自外省的年轻人蹲在那里,
卑微,落寞,不无自责。
日出日落,表层的冰结了又结
结成御寒的坚硬外套,
肩头落满深深浅浅的脚印。

蹲在那里太久了,这堆雪。
仿佛手举字迹歪斜的箱板纸
在车站、劳务市场,在阴风冷瑟的
巷口,蹲在路边的民工。
再经历几个日出日落之后,
他们稚气或粗粝的脸会不会
像坚韧的雪堆那样,仍坚持在
熙攘的马路边,等待雇主出现?

2002. 2

第五辑
牵牛花与旧唱片

梦见香樟的自行车

> 石桌。玻璃碟子盛着
> 几枚芒果。美慧子
> 光着脚,沿海岬归来
> 头发沾满提克里特的阳光
> ——罗彻斯特

1

落日洒金,暮晚含秋。
风吹树叶,隔着
声音响起时的一念;
隔着纺织厂,锯齿形厂房
懵懂切割的春天;

隔着化验室外,冠盖翠浓的
那棵樟树。

我们。

2

绿荫宽敞的厅堂
绣眼来回在枝杈蹿跳。

有时,麻雀瞅人走近,
吱喳地,从地面
一哄而上,栖满樟树。

开水房。
蒸汽在半夜和早晨
排进地沟,
嗤嗤,
吵着星夜未醒的樟叶。

纺织女工涉积水,
轻巧地
避开地沟破损的铺砖,
熬夜的倦怠不敌洋溢的笑。
饭盒三五成群,
盛着她们
无羁的十八岁。

3

昨晚,欣喜于
时隔多年,在梦里,
踩着满地樟叶,
我来到油漆斑驳的门前,
寻找迷失在春天里的下午。

蜜蜂飞过台阶,
飞过牵牛花唱亮的早晨。

隔梦回来的人两手空空。
我不是树。
你也不是。
我们是百年树下
飘过的人影。

4

风攥紧窗帘一角，
褪色的淡蓝。
阳光漏进门缝，
照亮轻飏的尘埃。

清清嗓子，唱首歌吧。

"一片片白茫茫遥远……"

前天，你素裙登台，
声音有点颤抖。

"现在想起来
还是紧张啊。"

我记住了一首"云河"的歌。

5

樟树朴茂的枝杈下

河流交错如网。
隐匿的埠岸,
系泊着懵懂的幸福。

守在下游,
打捞从上游
漂来的故我,
此事与你无关。
煎一剂黄芪白术酸枣仁
吞服,能安神。
你是药引。
我这写下的每行字
都是药渣,
我把它们倒在
无须被人认领的路口。

6

透过化验室窗户,
攥住视线,爬上樟树,
逃离心怀卑微的
那年轻人,
在御风虚行的树上,
体验麻雀俯瞰的自由。

如果上夜班,
樟树在我的凝视里
黑衣斗篷。

如果有月,
飞升的斗篷甩掉阴影:
樟树回到樟树,
蟋蟀回到蟋蟀,
我回到摊开的书,
背唐诗宋词,
读西方哲学史。

7

昨晚,请樟树
绕道植物园,
到玉泉校区外的文印社
领回落满灰尘的名片。
困扰我的并非树不能挪,
而是樟树以何种身份
重回昔日。
一个心怀燃烧的人
把樟树点亮。
文印社的人会不会说,
看,一棵树
把自己燃成火把!

8

归鸟鼓噪,
暮色淹没小径。

一对老人上山取水,
铁皮桶磕碰声
传得很远。
我想起麻雀麇集的
樟树,在纺织厂。
一瓶山水装进肩包,
装进了栖霞洞傍晚的钟声。
那天的樟树长着翅膀,
与果色的唇膏。

9

下午的海边。
樟树在你眼睛里
耐心地聆听涛声。

晚上的海边。
樟树在你呼吸里
穿过雾障,
驻足在挡浪墙豁口处。

分身移植到
眼睛里,声音里,
气味里,忆念里,
樟树,其实仍是纺织厂
实验室外,沉默、单调的
那一棵。

10

风说,独坐幽篁里,
快乐说,走在竹林真好。
风说,弹琴复长啸,
快乐朗朗地笑了,要常来。

北木山阒寂无人,
北木山鸟鸣萧萧,
北木山的竹叶
剪了一地,碎碎的阳光。
仿佛漏过樟树的枝叶。

11

相信命运,譬如手中的签条,
(说话的人在鹰窠顶远眺)

譬如现在,碰到你。
(天哪,我们难道才刚相识)

以前碰到过应验的事。
(是吗?如果是命运,
我会成为斜插命运的
哪页书签,而暗示
不堪阅读的未来章节)

否则,不会有这么巧的事情。
(该死的命运总是阴错阳差)

12

离开高速公路,
离开汽车方向盘,
脚踩自行车,骑回三十年,
骑到昔日的樟树下。
拥别一棵月桂的
慌乱的心跳,
早已被骑回一棵樟树
所涌起温暖
覆盖。

13

回忆,秒针回拨时针般
慢下来。
旧年自行车载过的酸楚、欢乐,
一如樟树,
依旧在那里葱翠。
我优柔的迷误
如雨水。

2018. 10

我要用一条小河来抵达你

不是铁路，飞机
不是汽车奔驰的高速公路
我要用一条小河，来抵达你
用河边桃李
用清风撩起的水花
用霏霏细雨，用磨破掌心的木桨
用宋刻本上的词牌名，抵达你

用沿途村落，牛羊
要用燕子呢喃，捣衣的槌声
抵达你。用一条小河的蜿蜒曲折
用它缓慢的流动，用石桥倒影里的
柔软起伏，抵达你

像日头徘徊在河面，那样寂寞
像水草抓住岸，那样执着
像安营扎寨的鱼，把命运
交给溪流深浅的日子
我要怀揣清澈的浪花，抵达你
我要用漫长一生的
天光，云影
用沿岸所有温暖的故事
抵达你

2000. 12

一块沉默的石头,在他乡

我想在城市的楼顶种一丛芦苇,
透过它摇曳的剪影目送夕阳下山。

我想目无旁顾地奔行在狂野里痛哭一场。
然后步出树林,对初升的月亮喃喃自语。

携一壶酒,醉倒在杳无人迹的山冈,
任凭风,慢慢吹醒人,吹散骨架,

吹掉蝉翼般覆裹在身的尘土——
剩下一块沉默的石头,在他乡。

2010.1

一只飞向春天的翠鸟

四月的剪刀剪碎风剪了梅的短发。
梅伏在阳台上,午后阳光照着她身影消瘦。
唱片已转第二遍:昔日不再重回。
我们的生活面临新的一切,卡朋特,你的从容令人忧伤。

梅趿着拖鞋回房间,屋子里满是草莓味。

午夜后,我们从草莓的梦中醒来,
红红的个头参差不齐;
月亮升起,露水从草尖滴落。
摸着从内向外乱蹬肚皮的小脚,
梅说,我们的女儿
是白雪的妹妹。

梅匀称的鼾息让我想起
一只飞向春天的翠鸟,一个小小的阴谋。

彻夜不眠

日历里边住着我的孩子,
鼓鼓的小手攥紧明天,
像鱼的背鳍招摇在水面。
我依然羞怯,薄薄的纸页慢慢地撕。

腆着肚子,大摇大摆,
梅说话的姿态越来越像秋天;
苹果坠落的声音惊得我
盯着两人转的居室,阵阵发呆。

乡下的鸟巢筑在向阳的山坡,
比五楼的阳台还要轻松、光明。
整个夏天,家具的高温持续不退,
我把脖子伸得比丝瓜长:风还没有来!

但她就要来了,渐渐的脑袋
就要浮出时间的水面——
我困惑无错,忧心忡忡,
被想象中的敲门声搅得彻夜不眠。

1995. 7

还能跑,在风中跑

我不是运动健将
读书时体育课总不及格
现在正和时间赛跑,已跑了很多年
崎岖或平坦的路上,我们齐头并进
我知道没有一只钟能跑过时间
但我不一样,时间从我脚底延伸
时间也没辙,它只能陪我一路跑下去
因为我穿着一双
爱的跑鞋

我知道,总有一天身衰力竭
总有一天会跑不动的
那时,一定是跑到时间尽头,撞线了
那时,如果世上还剩时间,那属于别人
当永恒之门开启
我一定脱下依然崭新的跑鞋
托举过头顶
开成一抔黄土上的蝴蝶兰
告诉太阳,告诉路过的鸟儿,告诉白发的你
看,你的傻小子还能跑,在风中跑

2001. 1

2月19日,杭浦高速送女儿回学校

春节长假,高速公路车辆稀少,
冒细雨策马扬鞭,我把车速表
拉至速限的顶上一格。
流逝的事物不再感伤,我习惯了
给平静的日子注满兴致,
给阳台上的菖蒲,衬以山石造景。

年假回来,和女儿少有交流,
精心呵护的孩子有了自己的四季风雨。
"你看铁塔,上半部看不见了。"
水雾吞噬铁塔,淹没电缆延伸的方向。
我对妻说。她眉宇间画着忧伤,
她担忧越来越远的远处,一股引力,
产生裂隙,足以瓦解
长久以来的期待,和反复摩挲的拼图板块。

"舅舅,上周我终于导演了首部电影。"
外甥女远在纽约,和女儿年龄相仿。
中国年前夕,她发来摄制组工作照片,
很有范,头发高绾,醒目地夹着笔记本。
艺术英姿飒爽,自由,乐不思蜀。
分享她的快乐,一边回想
多年前,在乡村庭院,一边一个

我同时抱起，炫夸臂力，收获懵懂的崇拜：
"再来一次，舅舅。""再来一次，爸爸。"

关掉车载收音机，年味节目俚俗难耐。
不闻引擎，前挡玻璃在细雨中刮刷。
女儿闭目养神。从后视镜，
我看到一张满怀心事，熟悉又远的脸。

2018. 2

陪女儿学二胡的下午

星期天在周老师家
学二胡
阳台上阳光斜进来
照着女儿橘黄的围巾
和兔子一样,跳动的弓

头发稀疏的周老师
坐在对面暗影里
表情夸张地
解释《山村变了样》,这首
经典民乐和那个时代
火红的社会主义

这个专业剧团退下来的老人
没有觉察孩子瞪大的眼睛里
凝固着的一片茫然

这个阳光灿烂
又多么安宁的下午
突然邂逅昔日舞台上
意气风发的青春
进弓,出弓,跳弓,揉弦
他闪亮的眼睛仿佛猎人,机敏地

捕捉那个时代的诗情画意

坚持着聆听,点头
懵懂的孩子被迫成为观众
下午多么残忍
又多么可怜
当掌声四起的华彩乐章成为过去
他注定的落寞,是和自己一起
慢慢数心跳,数掉落的头发

2004. 5

感　动

操场上，一百二十支横笛、竖笛，
一百二十个音符，掉下线谱凌乱的阶梯，
一百二十只蜜蜂，嗡嗡地拍动翅膀。

老师不厌其烦地在地上圈点、画线，
一遍，两遍，多少遍后，稚嫩的脚
终于踏出流动的方阵。一百二十只鸟

蹿出笛孔，汇成旋律，盘旋在孩子们
汗涔涔的头顶。鸟继续上升，越过
锃亮的不锈钢旗杆，扑棱着飞向更高处。

熟悉的旋律给了我过去从未有过的感动。
这些庄重的小脸，春天里的小草，
哪像是爱听兔妈妈故事的幼儿园小朋友呢？

2001．6

石　痴

去了一趟山中的人
回来后痴迷集石。从此，
生活赐予的沧桑他全交给了
石头的皱纹、泐痕，心肺洞穿的窍穴。
混迹人群，我一眼就能认出
他状如岩壁的前额，
谁能料想，里面曾有过一座春天的花园，
玫瑰盛开，充斥被世俗赞美的渴念。

2017. 11

秋 意

我之外是临窗的阁楼
阁楼之外是遥迢的秋天
秋天在阳光下
阳光在群山之上
群山在窗前的清风中
黄叶萧萧

千里之外的帆船泊着我的遐想
秋天奥蓝的高处
水纹漾漾，钟声悠悠
溅湿了飘曳的裙角
海滩上有少女
把心事细细地填进贝壳

默伫无语
风的指尖梳理着秋天清瘦的袍子
往事呀，一个劲儿地自那窄袖
酸涩着涌来

1994

妈妈的美

我儿子磕掉了牙齿一角。
转过楼梯长长的台阶,被爱情滋润的脸上
留着昨夜倦意。她总是朝气勃勃
哪怕说到儿子时流露出的歉疚也未能
丝毫磨损她灼人的光亮。
她说:没看好孩子,我觉得对不起他,
　　　那不是乳牙,是恒齿呀。

比芝麻的一半还小的一角。

那个早上,她陷入了神情不安的恍惚中。
那个早上,她看上去真美,
妈妈的美。

2001

非著名诗人

"前天你说找人去。喝高没?"
"去找的时候就喝多啦。""下午忙啥?"
"没啥,琢磨今晚的酒事。"
"这么早琢磨?就那几个酒鬼?""不,
红颜正路上赶来。"

哇,红颜!

秋风,微雨,鬓角染苍。
哪来的红颜。前天,
没醒的酒
还在鞭你酒精亢奋的蒙古马
睥睨山河,嘲笑国王。

今晚,与你对酌,
肯定还是胃口惊人的
那两个:一个木匠,另一个
油漆匠。你们都二十年了。

2018. 9

他神经质地走过街边

虚拟的经历被想象坐实后,
贫瘠的日常顿时丰沛,
酒精提炼术,中医,养生,
手握十几项发现,价值过亿。他悄声
告诉我:有人追踪,试图
迫害。觊觎他手里划时代的发明。

他神情凝重,打消了我质疑的勇气。
是啊,耽于快乐何须俗世理由。
诊断之外的错乱、谵妄,
被遗忘的一隅,他独自安宁,又心如麻乱。
溺于发明创造,被想象的花朵催开
他手握绽放幸福的另一维空间。

2017. 7

推敲经年的秘密

她不喜欢诗,所以
没有险境重重的诗的浪漫
她说,我从不读诗
牙齿亮闪如珠贝。多好的女人

一行诗不会有闲情去阅读其他诗
抒情是她一辈子的工作
尽管她尚未明白。踩着人行道

在礼节彬彬的场合,在晚会
在花岗岩大厅,高跟鞋合辙的韵脚已透露
推敲经年的秘密:她适合于被吟诵

2014. 10

城市来了

在落寞的平原,芦苇挤在被遗忘的池塘边,
不要说她们不谙世事,不要说她们不合时宜。

秋天结社,诗歌的姊妹迎向朝露,
身影单薄,驻足夜色残留的废墟。

守望在沪杭公路边,她们要去哪里?
这些脚尖踮起渴望!途经巴士没有片刻

停留。一蓬蓬剪影,聚拢黄昏的宁静。
她们手拉手,三五成群,在风中奔跑。

她们交头接耳,前仰后合;
她们刀削的肩头,停着惊惶的麻雀。

1999. 9

一盏灯和另一盏灯相遇

一盏路灯和另一盏路灯相遇,
它们的相遇是有距离的。

仿佛,一对踩着铁轨朝前走的人,
牵手搭出拱桥,传递内心悸动:

汽车和人,枕木一样在桥下流过。
来来去去地流,东向的,西向的。

桥,攥得太紧了。攥紧的地方,
洒满了光明、温暖,和难以言说的痛。

桥,攥得太疏离了。疏离的地方,
漏过了风声、雨声,漏过了市廛喧嚣。

一辈子也不会肩并肩靠在一起看夕阳,
隔着马路,它们算是守望的人么?

怀揣硬的石头,抱紧日见消瘦的双肩,
就为了扯一帆月,搬运尘间寂寞?

它们的距离是山水遥迢的距离,是两个
维度空间的交叉穿透,是彼此的漠视。

2000. 12

民以食为天

　　朋友问：鼠年，我们是否仍然
　　只能关心粮食？

你的问题我的问题还有是
　　谁的问题？
年复一年，我在狭小的居室读书写字，
勃兰说，贫穷时听听风声也是好的。
多么感慨，我激动人心又平淡无奇的
　　青春岁月。

好时光在人头攒动的地方跳来跳去，
像漂亮的小姐被许多先生围着，
我试图挤过去，媚眼未抛内心早已
羞怯成青橄榄的核，
咀嚼了很久，我才明白
我和颜回的区别仅仅在于，
我住的五楼比他的草屋高，风雨之夜
楼顶的渗漏没有大到需用瓦盆去接。

还是祖母摩挲我额头那年，
唢呐的声音亮丽撩人。在梦中，
老鼠嫁女，红烛高堂，
轿子颠得邻家女孩脸色惨白。

而今，她亭亭玉立如一枝荷花，
文过的眉毛细得像我念书时
总也削不好的铅笔芯，
担心它会在某个笔画的拐弯处折断。

亲爱的，你的贺卡让我想起
老鼠和油灯下卷起来的细尾巴，
柔柔的，驻足着精明和狡诈。
新的一年，我能比老鼠聪明多少？
民以食为天。古老的诫语
把我推向离离的阡陌。
当妻腆着大肚子，在屋内晃来晃去，
我看到了小小的阴谋，一只飞向春天的翠鸟。
我说，梅，息着吧，哦不，你们！
掮起铁耙，犹如闻到雨点声的青蛙，
我鼓足了劲蹿上田垄。

但我仍然饥饿，耳边萦回
嗷嗷待哺的声音。
明媚的白昼被面包蚕食，
静谧的夜晚，被密密麻麻的文字啃咬。
老鼠凭嗅觉能把握很远的距离，
我半眯的眼睛不知能否看得更远。
人常说，心安即是家，
但安到哪儿呢？
安在抽穗的稻禾上吧
但还得看天的颜色，
说真的，我的脖子仰累了。

我知道我变得多么无聊，
生活只呈现细碎繁琐的远景，
一天一天，辰光短促，
一天一天，拖得冗长，
昨晚，我做了个梦
爬到一棵枯树洞口，怯怯地，问可以进去吗
两只蚂蚁拦住我，大声呵斥——
不行，像你这么大的蚂蚁我们养不起！

1995. 11. 30

第六辑
河浜垂柳

1月17日早晨

送女儿上学后到办公室,离上班
还有一个半小时,我习惯性地打开电脑。
一坨红茶。压缩的半圆球带着低纬度的
高山雨气,是朋友捎来的远方问候。
温热犹存的馒头。天太冷,没发育好的个头
犹如厨房间袖着手,紧缩脖子的土豆,
上面留有母亲的指印。从有滋有味的咀嚼到
饥饿的胃,一拃距离,三秒钟抵达,
第一次不用方言,我用普通话自言自语的"妈妈"。

布兰登堡协奏曲。快板。慢板。
向巴赫致敬,这座耸立云之上的骄傲雪峰,
(请原谅我用骄傲来形容这位谦卑的使者)。
最后一件事,点开电脑桌面文件夹,
看津度隔夜草书,发来的《溆浦秋兴》。
昨晚他心急,打翻了青瓷笔洗。
矶鹬从海坳里飞起,在岛礁间起落,
俄尔,折回山上;解开明月下的褡裢。

我记起上个月最后一天,午后,
我们驱车浙北平原,以辞旧迎新的名义。
运河拱桥。新塍年糕。乍浦卖凤尾鱼的老媪。
有风衣美女倚靠海边的大清铁炮留影。

今天早雪，仿佛御寒的针线，碎碎飞扬，
把天幕越扯越低，低到树冠、屋脊、行人头顶……

2008.1.17

重回昔日

三月初的傍晚
和父亲在河岸插柳树
左边,河水清粼
右边,油绿的青菜正抽芯
杉树上的鸟叫声
在风中,水一样漾开

很多年,两个人
没有这样安静地在一起
记忆中的上一次
放牛,拍牛蝇,芦竹钓鱼
夏日午后,他黑瘦的脸
比现在的我还年轻

这么多年,时光撵着我
我在后面撵着他
仿佛是春天精心安排的救赎
奔跑之中忽然停住脚步
在这个傍晚,借手中柳枝
仓皇回首:他已经老了
炯炯眼神变得慈和,倦怠
我也不再年轻

老家宅基地
潮湿的泥土味
柳条剪口微微辛甜的味道
风撩动额角的头发
父亲搬开石埠边的枯树
我手指捏紧柳枝,慢慢扦插
那个瞬间,惭愧的内心交织着
羞赧的幸福

2006. 4

中秋夜

井栏、台阶、失去颜色的花朵
还有屋檐、瓦楞,全被月光思念着
全披着一层薄薄的白。站着,坐着
它们不说话。我也安静下来
悄悄地,蹲在它们中间

闭上眼睛,我能想象太阳照满庭院的样子
一小块菜地,魔术里障眼的斗篷
母亲不断变化着取出小白菜、香菜
空心菜、青葱、蒜苗。一棵石榴
虚龄三岁就懂得刻苦学习
春天过后埋头写作
二十八枚果子,二十八首秋的赞歌
迎风张贴。最精致的一篇
已被它大声朗诵,露出满腹珠玑
红润的感情粒粒亮泽
现在,月光铺一张凉席
它们全睡了

围墙边,高耸的杉树醒着
轻轻舒展,抖动枝叶,仿佛爱美少年
乘人不注意,时不时整理一下
肩头有些凌乱的白

2004. 10

秋日下午

把杉树从西边围墙搬到东边围墙
仲秋的太阳没有在影子里慢下来
慢下来的,是被阴影抓住的心
一只白色蝴蝶在院子里忽高忽低
仿佛琢磨不定的爱情
灿然之后,越过围墙的翅膀
抽走了那抹跳动的火

乡村多么安宁,大地的繁华多么静谧
感动过的,多么难以忘怀,又是多么远

丝瓜藤爬过斜阳下的篱笆
叶子疏落,乱舞秋风
在它身边经过,我禁不住停下
像打量逝去的童年,打量明黄透亮的
藤花。从散漫的茎叶到盛满金子的杯盏
崎岖的路上,依然是我过去在树荫下
潜心观察过的那群蚂蚁。匆促,忙碌
黑亮的盔甲勒紧奔跑的腰带
在大地的一隅,耐心地
搬运细小的光阴,和生活

2003. 9

刹那的伤逝也是一辈子的抒情
——听裴金宝老师弹琴

一颗种子,唤醒沉睡地底的树。
一把斧斤,唤醒木纹里的琴。

裴老师抚弦,琴箱振羽,
略略暂停后,沙洲鹤鸣,唤醒杳渺的痛。

桐梓的琴,杨柳的琴,松杉的琴。

谁的心绪被掖藏得这么深?
又这么直白的在板上、在树间肆意流淌,
且夫子自道,喁喁而语;
且意兴阑珊。

颤动的弦上走着琴者:

秋渐深,一枚硕大梧叶峨冠博带,
嗖一声,模仿琴音揖别暮晚的枝头——

刹那的伤逝也是一辈子的抒情。

2016. 6

唱亮飘过头顶的云

上坟归来
捆回的柏树枝铺满晒场
茂盛的绿,沾着四月雨水
一只鸟巢裹在枝叶间
碎叶麻草衔织成的艺术品
精致,瘪蔫,盛着废弃的光阴

春风又度,遍地草木好心情
藏青布衫,蓝兜巾
陷在油菜花金黄的包围里
眼睛眯缝。定格的笑
从深深浅浅的皱纹间漾起——
这是你二十年前的照片
你是怀揣初秋的咳嗽和胃痛
挽着上午的炊烟走的
现在,看着空空鸟巢
我平静地想起你,祖母
犹如平静地想起去年
你坟头柏树上安家的鸟
它们在葱绿的日子里生儿育女
停栖枝头,歌喉婉转
唱亮飘过头顶的云

2008. 4. 10

潮水不会老去

你刚学走路的时候
我带你来这里
你读小学的时候
我陪你塘上跑步
你读初中,我很早叫醒你
来滩涂边看日出
读大学,工作
你休假回来
我常念叨着要带你
到海边走走
我想
你生孩子做妈妈了
我们就一起
陪孩子听潮水
你知道我喜欢潮水的声音
还记得上幼儿园那会
我告诉你
潮水不会老去
今天的潮水
很久的以后还是一样的潮水
激情,活力
可是爸爸会变老
你也会变老

变成做妈妈做奶奶的人

终有一天
她真的做妈妈了
终有一天
她搀扶他
像搀扶蹒跚的孩子
在海边

2016. 5

星期天

除了铁架上一件外套三件衬衣四个垫子随风摆动
(这是上班的妻子昨天傍晚在井台边洗的)
除了杉树的影子被日光缓慢地从西边搬到东墙
除了围墙边自留地里,茄子、玉米、土豆
还有小葱、黄瓜,勤奋地绿着,生长着
除了去年冬天挖的池塘,成百上千刚孵出的
鱼苗正围着菱叶摊开的手掌嬉戏,追逐
除了岸边三棵仿佛成年的柳树
交头接耳,相互推搡着青春的腰杆
除了麻雀的鸣叫灌满了耳朵里的风声

除了在厨房唠叨的母亲
除了靠在窗口翻阅杂志的父亲
除了正在写作文、电脑上查资料的女儿
我突然感伤,想起熟悉的日子里
那些渐渐陌生的往事
经历那么多,留下的又那么少

2008.6

银 杏

在银杏来到这里以前
一定还有别的树
别的人
站在这里,等什么

我的想象银杏一样
朴茂生长以前
月光一定照亮过以前银杏
以前枝叶相拥的庭院

银杏叶一柄柄飘落
地上铺满明黄的辛味

一定有同样的夫妇
在我们之前,在这里,
也在别处的银杏下,散步
牵着狗。一前一后

牵着晚风吹散的叨叨絮语

2018. 1

春日早晨，写给简兮的八行

立春后月余光景，大地便判若两人。
惊讶于继木、紫薇、金叶女贞、雀舌黄杨抽出的嫩叶。
怀揣地气，吸纳阳光、水，还有春风抚摸，
我看见今早比前天，枝叶筋脉更丰沛。
爱的节气，赐予万物温润的拥抱。
敞开心扉，自有风和日丽，何必艳羡远方的迁徙。
如果日子安详，每一株草木怀揣四季，
那草木何尝不是它自己，韶光朗朗的幸福宅院。

2018. 4

北埭记忆（两首）

夏天的雨水

转瞬即逝的雨水
请你等等
叠好红色的雨披
我要把夏天的呼吸收藏
躲在芦苇丛
我听到了那明快的蛙鸣
和出没在绿色间
红蜓轻捷的翅影
对岸的灌木丛才淋雨毕
我家的鸭子
又扑棱棱凌河而去
难以忘怀啊，夏天的雨水
瘦小的男孩像尾鱼
麦秸草帽左一摆右一摆
飘过田垄，而上课的铃声
就要响了

油菜花

漫天遍野涌来的是你么，油菜花？

童年的天空中一方亮丽的色彩
背起书包上学堂,捉迷藏
小小的人儿,黄色的花粉沾满衣裳

你还让我想起青青的菜籽荚
芒种时节,清风徐徐
收获的季节哟,辽阔的田野
叔叔婶婶们明快的笑声此起彼伏

世上比你艳丽的花何止千万
但我怎能忘记那灿灿的一片呢?
田垄尽处,我的童年我的爱
我的被照亮了的小村照亮了的家

1993. 10

春节下午,携家人郊游(组诗)

在丰山

蓄满雨水的矿湖碧澈
倒映岩壁、杂树
隔年芦苇挨着水面
金黄色一排
犹如凡·高画架上明亮的麦田
为灰暗的湖面调一抹暖色

记忆中,矿坑新鲜
裸露山的创口
裸露潜行者沉默的伤
十年,二十年
时间搬来筱竹、荆棘,搬来苔藓
茅草,搬来荒芜
修复裂石碎骨的石壁断口

伤口结痂的增生物
滋蘖大自然细碎的爱

关于觉林寺

元末明初,避兵乱

从县城天宁寺躲到丰山读书
元末究竟是哪一年
书上没说
楚石让元末的丰山
有了传说
后来在读书处修禅堂
觉林寺便有了文化美谈

那年造访觉林寺
男女居士频繁进出
东向僧舍
白坯门框未上油漆
年轻僧人合掌，阿弥陀佛
师傅去平湖化缘
宝殿、寮房，钱紧缺着呢

今日，冷风微雨
车经觉林寺
她们几乎感觉不到
我轻点刹车
我问，进去吗
齐答，不去
匆匆瞥一眼山脚边的黄墙黑瓦
觉林寺，不似故友相招
也没有挥手相送
阴天，它安静且黯然

等齐了

竹竿，竖风车成墙
在登山道左侧

谁吹的风呀，推着车
赤橙青蓝紫
突兀兀地
晃眼

又是谁呀，推年复年的门
牵时间的手
自顾凌乱地跑
拉扯我
脚不歇地
忘记喊累

山脚转山腰
我们击掌在山顶

妈妈在后面不远处
放缓脚步
看你
在山道最后一段冲顶处
你蹲下，说
感到不舒服

不急,宝贝
就像我先来这世界
曾等你妈妈
曾等你
我习惯了等
等齐了
我们才一块
来这里登山

立春后

大地泛绿,树枝绽出芽苞。
立春后,离开的人没有回来,
重新出现的面庞,不再过去容颜。
簇拥陌生的欢喜,他们
生机勃勃,令人羡慕。

立春后,离开的人没有回来。
雨洗青山。村妇淘米。
临河驻足的人春风扬手,
游向石埠的鸭子,音符般散开。

如果你恰是

春节有副好心肠
量身定制为众人造福乐
如果你恰是被好它遗忘的人
不必难过,说明好心肠的膏药

原本就贴不到你吹风淋雨的创口

2018. 2

来一次台风倒伏一次的柳树

风抖开雨鞭子,一阵急一阵追赶惊吓的马群
水草挤水草,小河不屈地拱起脊背
河埠边的柳树倒伏水里,仿佛跌倒的孩子
她们是去年夏天,女儿和我母亲扦插的
长得快的,快赶上手腕粗了

台风过后的黄昏天
我花了个把时辰才——扶正它们
听说津度的物业公司倒了几百棵树
我能想象,他汗涔涔的脑门,映照着
太阳底耷拉的枝叶。今天,台风卡努
又来光顾。眼瞅着河里
涌上来的草抱住颤抖的、布条拉着的柳树
我记起上次台风踩踏后的县城
倒在草坪上的合欢树,和醉汉一样
横卧马路中央,被修剪的香樟

台风蹂躏过的河岸、菜园一片狼藉
厨房里,母亲切黄瓜的声音在砧板上
有节奏地响起。透过窗玻璃
我看到外面雨水迷蒙。柳树身影模糊
摆动得有些单薄,有些魂不守舍

2006. 8

它靠那里打盹,仿佛在沉思

微霜下的丝瓜叶陷入沉思
突然路过的一阵旋风也不曾
打断它溺于其中的静默
偶尔,皱起的棱角
刮擦围墙粗糙的青砖
发出些微的干咳声

深褐枯卷,遍布虫洞
如果怀念青春,它必定怀念
这些带来伤痛的虫子
夏天蜜蜂沾满粉末
在它花朵的婚床上打滚
蝴蝶啜饮花盏,一杯杯举起阳光
那时,绿色漫溢的体力
使它莽撞四闯,沿围墙、柴垛
窜上杉树,勾住电话线

现在,前额皱缩似拳
它靠那里打盹,仿佛在沉思

2004. 9

慢慢直起腰来

台风过后一周
倾伏的竹子,一株一株
慢慢直起腰来

太阳是个好邻居,每天
抛过来千万缕光线
密密地系住竹叶、细枝
稍稍用力,往上拉竹子
这些惯于忍耐
这些安于乡村命运的人
倦怠,又顽强
不忘在风来的间隙
枝叶相击,鼓励一番

我在朝北的窗口
看它们直腰的过程
漫长了一个多月
像邻里帮助筑墙盖屋
打夯的号子回荡在上空
太阳和竹子
缓慢地牵拉,展开
相隔遥远的一唱,一和
充满了静谧的竹林

河边枣树飞来一只鹡鸰
打破了竹林的静
它拍着翅膀喊加油，加油
它是乡村的孩子，喜欢热闹

2007. 7

逝去的亲人乘着雪花

逝去的亲人昨晚乘雪花来到人间
他们降落,他们飞升
窗外的世界悄无声息
我们各自安宁,彼此不扰

昨晚我睡了个安稳觉
心里很温暖
不觉得逗留屋外的亲人
在零度以下会冷
感知对方的存在,在感知的
距离之内,在一窗之隔的
世界之外
我们心照不宣
亲切,但有些生分
没有见的念想

逝去的亲人从遥远的地方赶来
看我
明天,大地皑皑,世间空旷
那是逝去亲人留给我的
静谧的爱

2018.1

卡　拉

有着电影里同类
相同的名字
我们叫你卡拉
你父亲是铁包金藏獒
母亲，一只
温顺的拉布拉多
去年我还见它
在你病逝两年后
它温湿的鼻尖
已由黑色转为粉白
却不改当年顽皮
张开前爪扑来
拥抱老友

和孟医生穿过
八月的闷热田野
在一栋农家小楼
把你从六兄妹中抱出来
那年酷热，（夏天出生
是你早夭的原因，后来
有人这样告诉我）
你们在房间和阳台
兴奋地跑进跑出

不怵陌生人到访

作为家庭一员
你和我们生活不到一年
便溘然离去
想起你眼睛清澈
浑身黑毛油亮
想起拍你胸口那撮白毛
你便撒腿狂奔
沿紧挨篱墙的路
衔回我扔出去的木头
想起你被疫病折磨
摇摇晃晃地行走
我有说不出的痛
因为你,我学会打针
妻子轻抚你前背
我攥一把拎起
吹开绵密的细毛
扎针进去(孟医生给了
一把一次性注射器)
你激灵,吱呜一声
却懂事般
几分钟一动不动
安静地等针剂推完

你来我们家的时候
住在乡下
毛茸茸一团

滚来滚去惹人怜爱
拎一桶井水
倒进墙角雨水槽
你展开四肢,惬意地
趴下,吐舌头
望着我们手摇蒲扇
回头看你
说你的憨趣

疫病蔓延
我们开始了
去孟医生那里
漫长的治疗
趴卧桌凳上
缠胶布打点滴
药片拌饲料
汽车载你一趟趟赶城里
到后来,我学会打针
再后来,你离开了

三年后,辛酉提起你
(一年后,这个湖北诗人
失足殒命于浙南的溪沟)
说那年看你被牵着从车上跳下
很威猛,问现在怎么样了
(我想,大概和铁包金的父亲
一样,你的威仪
令人过目难忘)

当年冬天你就走了
傍晚，北风呼呼
你一瘸一拐
蹭过院门口水泥墩子
哀怜地回望我
你不知道，也许你看出来了
我多么希望你离去
摆脱愈陷愈深的痛苦
因为我难忍每天早上
给你清理堵塞糊满的鼻孔
受不了你哮喘般的衰弱
受不了你病恹恹滴水不进
我几乎崩溃了，看着你
瘦成一张犁
缩在角落
几乎可以挂到墙上

母亲递过小竹篮
盛着她折叠的纸元宝
她说，烧一点
化给它路上用吧

屋后楝树边
我们用树枝小心拨弄
一亮一暗的火堆
纸元宝的小船
借着温暖的火苗

渡向无有远方

一阵随地风
旋着,把纸灰
吹散枯草间
我们念念有词
我们合掌祈祷
卡拉,一路走好

2013. 2

邻 居

天暗下来时，比邻筑巢的鸟
很准时地回到屋前的杉树上
照例一番叽叽喳喳的欢唱
也许它在说今天跑了那些地方
收获不少，三条虫子，五只蚂蚱
或者邂逅暌违已久的朋友
啊，多么像隔壁肤色黧黑的民工兄弟
劳累一天，回到租住的地方
一边凉水冲澡，一边放声歌唱
仿佛浑身有使不完的劲，唱不完的歌

晚睡晚起的习惯使我错过了
感受他出门时的朝气蓬勃
比邻筑巢的鸟，一定是第一缕晨光
唤醒你的翅膀：觅食也得赶早
相邻而住的兄弟，一定是第一声鸟鸣
催你醒来，告别梦中不舍的老家
告别装了半筐的橙子，半夜里
惊了几回的、父亲的咳嗽
赶在太阳升起来前
爬上工地脚手架，伸展年轻的肌肉

叶子凋落，留下鸟巢。鸟飞往别处

高楼盖起来后,你又会迁徙到哪里去
一边冲凉水澡,一边唱歌呢?

2001. 11

他们隐身诗行

祖母、外公、外婆、二伯父、大舅、舅妈
堂姐夫；看我长大的老虎、金和、根生
回忆的闸门一开，人和事止不住涌来。实在抱歉
还有许多忘记姓名的脸，许多口音，许多
走路的模样，一起浮现脑海。我生命中
被他们带走的部分，今天他们逐一送回
多少年弦歌不辍，我才得以行走大地
清明时节万物生发。逝者旧事，我的陈年
当踏青郊外，呆坐窗口，每每想到
竹叶留风，竹笛藏音。想到这些从未
真正离去的过往和未来，它们总在某个时刻
潜回我的时序节令，隐身诗行，与我相拥取暖

2014. 4

隆重的葬礼

他并不隆重的葬礼有着村里
隆重办事的大场面；他子女不多却有
族人近邻络绎前来送别、守夜，
虽然腊月冬夜，他们喝酒玩牌甚至
说起了他那些可笑的生前往事；入殓时无论
长幼，都朝他咧嘴豁牙微笑的遗像，朝他
寿衣鲜丽的遗容鞠躬、磕头。案桌前
那捆稻草因落满磕头的膝盖凹陷下去
三日排场，宰鸡杀鸭。从集贸市场
拉来一车车海鲜冬笋木耳，还有很多豆腐。

堂兄弟们相互散烟，派工。出殡时
谁前杠谁后杠谁放鞭炮谁撒一路纸钱。堂嫂
过来人一样熟悉流程，她告诉我入殓的衣领
取单不取双，引路往生的驼背公公，不能亏待。

隆重的排场把生之意义确认给在世者心底。
存在的虚无因众人对世俗礼仪的坚信而恒如磐石。
一如婴孩啼哭声里，喜庆的排场宣告
呱呱坠地的新世界的到来。人世之温暖
除此，真的不需要其他诠释了。

2011. 8

第七辑
白鹭插在哪格书架上

时间赋予的意义

时间赋予我的意义,时间终将悉数收回。
时间赋予大地的富饶,大地终将全部捧还。

秋日寂静。风带来远方消息,从
易水渭水,汉宫霸陵,青萍之末。

秋阳照亮节气细微的征候。世间冷暖
何曾在意过昨夜通宵振翅的蟋蟀,惊了谁?

2018. 3

传遍每个指甲的不安

滞胀的肠胃,消化不了
软硬新闻。在二〇一八,甚至
我刻苦掌握的阅读技能,也
对二十四史,虽远必诛的帝王杀伐,
对纪年表,线装书的宏阔叙事,
产生痉挛式的生理反应。

胃神经咆哮,呕出酸液。
我没有强大到足以消融卵石铁块的鳄鱼胃,
吃草的命,弱小的痉挛,
传遍每个指甲,每件脏器。我的不安。

2018. 10

我和汤姆

五年来，分不清谁遛谁，
我和小鹿犬汤姆
有了相互依侍的晚出习惯。

路灯下，影子拉长，缩短。
我踩着它，它踩着我，
有时，它跑进路边草丛，
绕树，东嗅西闻，
有时，对暗处莫名的声响
摆出攻击架势。小个头，
虚张声势而已。

离市郊稍远，没有灯，
也没有屋舍的路上，
行道树黑影团团。
走累了，汤姆不再东蹿西跳，
耳朵时或竖起，时或耷拉，
背驮一抹月光，
在前踽踽领路，
哒哒声，碎而不乱。

一瞬间，行进漫无尽头，
仿若行走在早年读到的黑白乡村版画。

为了确认彼此真实的存在,
我喊一声:汤姆。
汤姆站住,回头,怔怔地看我,
发现没进一步指令,复埋头赶路。

没有终点的急切召唤,
一前一后,影子牵着影子,
我和汤姆,陷于硕大无边的寂静。

2017. 6

很多人就是这么过去的

月光下,他独自站在一株老树旁,披着风声。
不敢呼吸。小麦斜靠着向后回到自己的黑暗中。

一匹马在他长长的影子里吃草。

詹姆斯·赖特,带我去黑白默片的美国乡村。
我愿意称他美国佬,乡佬(无礼,却亲切)。

晚饭后,我在城郊的林荫道上遛狗。
小鹿犬在路边草丛里来回窜跑,兴奋地
竖起耳朵。风吹动杨树、榆树、香樟。

风把我唤狗的声音传得很远。
在阴影里吃草的马停止咀嚼,打个响鼻,

詹姆斯·赖特①,我常陷入空虚,无助。
你的诗把我们彼此错开的时空,悄然黏合。

前尘旧事宛如今日。这让我聊以自慰。
很多人就是这么过去的。月光下,披着风声。

2016. 5

---

① 詹姆斯·赖特(1927—1980),美国诗人。

车过湘西（组诗）

缓慢的一生如此匆促

几个光膀子年轻人
蹲在暑气未消的路基边
看火车
身后是疏落的村子

车过湘西
我看见他们
就像他们
看见我趴在车窗上
一闪而过

多么漠然啊——
在别人的一闪而过里
我缓慢的一生如此匆促
沿途的他们又是如此亲切

在我的一闪而过里

乘火车夜行
有时万家灯火

有时星光寥落
它们和无边的黑暗一起
被扔向远方
穿越旷野和重山
沉浮在列车粗重的喘息声里
除了自己
我不能抓住什么
现在,连自己也在飘逝
我觉得铿锵的轮子径自前去
抛下我,一只看不见自身的
眼睛,在漫游
它是否被黑暗看见了
像藏匿起来的星星

山中小景

一个肩扛铺盖的山民
沿铁轨,仿佛
在攀登一架长长的梯子

群山相送
附近空无一人

烈日烤得路边树
卷起覆满灰尘的叶片

2000. 9

白鹭插在哪格书架上
——给津渡

冷空气骤降。小城一夜之间袖紧身子。
台灯下，我想起前天在长山闸西面滩涂上
满目青翠的三棱藨草，想起缩着脖子
打盹的鹭鸟。伸腿翩翩起舞的白鹭，
脚踩潮水线悠闲觅食的白鹭。
外面小雨淅沥。目光投向书架
《草叶集》《安娜》《浮生六记》，
满墙书中，有的已随我三十年。

枯坐的人恍惚起来：白鹭是哪年哪月
又是插在哪格书架上的前尘往事？
偶然间被抽出、翻阅。鹭羽逆风吹起。
也一定会，再次且持久地被逆风
吹起：鸟与观鸟，相互消磨的傍晚，
潮声退回远处。我们站在三棱藨草中
搂肩拍照：在书本重新合上之前，
在尘埃落满书本鲜亮的封面之前，
滩涂之上，一直会传来我们爽朗的笑声。

2009. 9

传说与键盘(组诗)

前朝海棠

月亮,离不开李白诗句。
你,离不开海棠,被赞美的比喻。
月亮。海棠。倚廊人,活在前朝。

杭州湾的风,懂得潮水

七月既望,月亮坦诚鼓腹。
三百年前,有人目睹潮水一路朝南,在月下
护送海上巨鱼。鱼眼若灯笼,点亮海岬。
月,荒凉的石头,荒诞的赞美。
鱼灯笼,点亮海岬,点亮陆上更替的朝代。

幻　象

昏睡的人傍晚醒来,
敲响阴影的皮鼓,惊飞漫天蝙蝠。
蝙蝠的翅膀席卷黑的海水。
一匹马心无旁骛,穿过白昼,远道而来。
亿万蝙蝠蜂拥而上,如波浪:
攫住马蹄、鬃毛、臀部,把白色,

一点点，吞噬，咽下。

吃　语

轻拨流年，一尾鱼
在嚼什么？

夤夜无语。我梦见自己
往来游动。

2009

慰 藉

一夜星光铺洒的道路被远方折叠。
踵迹全无的地方阳光合着风的节拍在舞蹈。
一支笔走在路上，在歌唱。

我难以诠释生命的征象昭示什么，但每当我被孤独
和恐惧撅住的时候，我就看见一支笔跋涉在路上——
那形只影单使我想起麻鹬清丽的舌尖滴落露水点燃黎明。

比梦梦得更深。

没有终点的旅途唯一的慰藉是我感到在前进。

1994. 1

崖 柏

扎根崖隙那天起
重力便拖住你横空的身躯
日来月往，被风雨拽落
粉碎悬壁的危险陡增。因为
岁月赐予的负重，全压在身上

上扬的心攥紧枝叶
愣是向天空要出路，讨命运

看不见的翅膀提携你
重力的宿命拖拽、扭曲你
偃俯，又倔强地
折身向上，每次磨砺
都在体内留下了愈结的瘢痕

怀揣多少隐韧的伤口，才得以
百年不坠？缄守多少
内心撕扯的不堪，才得以
据守险峰，而风光无限

你被磨制成油亮的手串
时髦的手腕显摆你细密精致的瘢痕
一个人经历的磨难，伤口

就这么点缀别人风轻云淡的生活

2018. 9

在太阳的指尖永享光阴

>　　文公曰：昔在楚，约退三舍，可倍乎？
>　　　　　　　　　　——《史记·晋世家》

泥块张开半是嘲讽半是箴言的翅膀，那个下午。
游隼般从农夫手中蹿离失措的大地，那个下午。
无声的惊雷劫掠一片疼痛的阴影，那个干燥下午啊，
胸膛里血凝的牙齿咬得咯咯作响！

这个早晨，太阳辁辘碾过山冈、河流，
像贪玩的孩子扬起一把漫不经心的沙子。
瑰丽的楚国脚踩针尖，黎明的晋国怀抱麦芒。
干戈伸出青铜的舌头，舔亮历史上的今天——

豹纹鹰喙的旗下，披着虎皮的战马踏出滚滚烟尘。
晋国的麦芒潮水般退去。三十里。三十里。
再三十里：沿着五年前的承诺，沿着青青竹简，
沿着一句成语。湍急的流水倒映暗下去的云天。

一退就是两千六百年，还在退。

右手按箭囊的人对身旁困惑的将军说，
你去告诉楚人，雷霆的军队已退过了承诺的距离。
叫他们整饬铠甲车马，睡个好觉。

叫他们抖擞精神,在明早太阳升起来之前
带着好运和恐惧来吧。我要让他们
像草叶上的露水活在太阳的指尖,永享光阴!

1995.1

驳船撞塌一座水乡的桥

夏夜,风蚀雨剥的桥栏
栖满暑热难熬的南腔北调
青春的话语肆无忌惮,洋溢着
让人羡慕的朝气。然而
他们以令人心碎的方式,走进了
电视台的夜间新闻:昨晚
水泥桥像失语多年的病人
遽然爆出临终前的咳嗽——
惊慌失措的月光没能制止驳船撞桥
刹那间,厚重的水泥桥面塌落
替撞桥的驾船人,替恐慌的南腔北调
盖上了让生还者永远疼痛的椁盖

月色下蹿飞的鸟撒下凄厉尖叫的钉子
把七月二十六日,狠狠钉进
比陈年淤泥还要冰凉的黑暗里

惊魂未定的河里,爬上来一个,两个
三个……十七个,还差一个
那双电子厂流水线上涂蔻丹的手没有爬上来
七月份要寄回家的二百元,河南方言的爱情
那个叫马兰的十八岁少女,没有爬上来
没有爬上来的,还有一个内地妈妈

从猝不及防的梦里，突然醒过来的不安

1998.8

堂曰万鹤
——读画家李子侯鹤图

1

列队
从汉唐宋元出发
一万只鹤
造访西湖边的
万鹤堂

2

百根墨线
腾闪跳拉
就有百鹤
赋形宣纸
就有墨线
秋风挂角

3

笔墨之鹤
比自然之鹤

更像鹤
如果把它简约成
一草一石
我认得出那还是
先生笔下的
鹤

4

肋骨呵护一鹤
笔画姓名的樊篱
豢养一鹤

5

我喜欢蓬蒿间
逆风鹤唳

6

脚爪蜷缩
欲伸未落
鹤迷恋水中
自己的倒影吗

7

街心广场

晨练者白鹤亮翅
我看见先生漫步湖堤
纵目孤山
而我心怀鹤步
行脚匆匆
有着旁人看不见的
踉跄

8

云是鹤故乡
我却从未在先生笔下
看到仙气氤氲的云
只见相伴的情侣
老去的夫妻
还有插花的梅瓶

9

鹤离不开爱情
有一天爱离去
鹤的伤痛是默默凝望
鹤的悲情是黯然梳翅
哪像年轻人掩面而泣
哪像中年人痛悼神伤
以及
老年人的郁郁寡欢

10

从春水到秋苇
从夏藤到冬雪
想象的鹤
落在宣纸
落在润枯断续的墨痕
落在先生的苍茫里

11

《青霞紫雪点春风》
《春鸣花舞》
《秋暖鹤婆娑》
《秋风吹开满陇桂》
《鹤步吟寒》

哦，还有《老鹤梳翎》
孤鹤撑翅展翼
拨弄风雪
尖尖的喙
扯过弥天之衾

12

石头不屑羽之轻盈
石头一个箭步飞蹿

追逐欲望的风声

尘世的羽毛积重难翔
人,终究为鹤迷误

2018.3

跋

　　加西亚·马尔克斯说，活着为了讲述。这本小集子收录的篇什，以分行句子的形式，记录了我经历过的生活。

　　没有记录，等于没有讲述。

　　这是一份自言自语般的述说。

　　结集付梓，是对过去生活的某种告别与怀念，感谢与铭记。

　　我爱这些散漫的句子，爱句子间葱翠定格的山水草木，爱句子里予我以生活美好的人。

米丁
2018. 10. 15

图书在版编目（ＣＩＰ）数据

梦见香樟的自行车 / 米丁著. -- 武汉：长江文艺出版社，2019.8
（"海风三人行"诗丛）
ISBN 978-7-5702-0980-4

Ⅰ.①梦… Ⅱ.①米… Ⅲ.①诗集－中国－当代 Ⅳ.①I227

中国版本图书馆 CIP 数据核字(2019)第 075856 号

责任编辑：胡 璇		责任校对：毛 娟	
封面设计：川 上		责任印制：邱 莉 王光兴	

出版：长江出版传媒　长江文艺出版社
地址：武汉市雄楚大街 268 号　　邮编：430070
发行：长江文艺出版社
http://www.cjlap.com
印刷：湖北民政印刷厂

开本：880 毫米×1230 毫米　　1/32　　印张：6.875　　插页：2 页
版次：2019 年 8 月第 1 版　　2019 年 8 月第 1 次印刷
行数：4860 行

定价：108.00 元（全三册）

版权所有，盗版必究（举报电话：027—87679308　87679310）
（图书出现印装问题，本社负责调换）

"海风三人行"诗丛

湖山里

津渡 著

长江出版传媒

长江文艺出版社

目 录

序 / 001

第一辑　雾中的小鸟

白鹭 / 003

大象 / 004

梨 / 006

放生桥 / 007

清晨 / 008

蜣螂 / 009

美 / 010

大树 / 011

五祖寺 / 012

山门外 / 013

墙角之物 / 015

南北湖山庄 / 016

饮者 / 018

易碎的和完整的 / 019

树下 / 020

毛帽子 / 021

夏末 / 022

锯木头 / 023

醒来 / 024

腐朽的香味 / 026

雾中的小鸟 / 027

鹭鸟观察 / 028

第二辑　青蛙

回忆录 / 037

岭上的木头 / 038

春夜 / 040

暮色 / 041

冬夜 / 042

祖母的柴房 / 043

暗流中的花朵 / 044

窗子是活的 / 046

正午刷油漆的姑娘 / 048

井 / 051

芦笛 / 053

我父亲的房屋 / 054

村子 / 055

浪漫主义的江流 / 057

龙鲤 / 059

大象的葬礼 / 061

一个男人追赶一只蚂蚁 / 063

桑葚树记忆 / 064

青蛙 / 065

和弟弟吃晚饭 / 068

南台头闸赋怀 / 072

第三辑　湖山里

拾遗录 / 079
山舆诗话（24章）/ 096
谭仙岭悼古 / 113

第四辑　山居小景

无名站台 / 119
国家剧场里的蟋蟀 / 120
晚餐 / 121
在雪中跳绳 / 122
游戏 / 123
海堤 / 125
山居小景 / 126
稻草人 / 128
胖子 / 130
一个泼皮的创业史 / 131
祖先的问题 / 132
核岛 / 133
大理石圆柱 / 134
井 / 136
马路 / 138
鸡蛋 / 140
峡谷里的公路 / 142
我的床铺与海面平齐 / 143

一根火柴 / 144

水中的脸 / 145

过往 / 147

第五辑　树

拖树枝的人 / 153

山水诗 / 154

九月之初 / 156

大舅的晚年 / 157

蚯蚓 / 159

星空 / 161

夜读 / 163

榉树 / 164

蚱蜢 / 166

木拖鞋 / 168

拎皮箱的人 / 170

王子猷雪夜访戴 / 172

卧龙岗 / 173

亭林公园 / 176

涠洲岛的夏夜 / 177

绿色猫 / 179

鸬鹚的歌声 / 181

五月，在乍嘉苏高速公路上和一群猪同行 / 183

树 / 185

跋 / 192

序

·育邦·

海风三人行。海者,濒临大海,地名海盐,这是大海的声音;风者,慕风雅颂,山野乡音,这是诗歌的风暴;三人者,白地,津渡,米丁;行者,至友相契,和歌以涉远,道合以前行。

三人中,米丁稍长,对于海盐的历史文化有深入的体认和研究,他的双足是深契于这沧海桑田变换光怪陆离的土地;他从事诗歌写作,我以为那是更为重要的羽翼,以使他能够自由地飞翔于江海交汇的天空,远离喧嚣与尘世。

津渡,存在于一种急速奔驰的人生转场中,"海的大肚皮"孕育出诗歌的精灵,这些热爱打木片游戏的精灵给他带来了无限的慰藉。

明朝天启年,海盐知县、湖北黄冈人樊维城主持《盐邑志林》,辑三国至明代邑人之经子杂说四十一种六十五卷,"用张兹邑著记之盛"(朱国祚序)。传说,该编为中国历史上地方文化丛书最早,其地位,犹开中国地方镇志先河之南宋海盐澉浦人常棠撰《澉水志》。津渡,也是一位生活于海盐的湖北人。这既是历史的巧合,也是文化的因缘。

白地,是一位女性诗人,她在大海与滩涂的边缘游弋,生活给予她无尽的教益,而诗歌给予她心灵的寂静。她的诗歌中散发出盐、焰火与人间的深切信息。

据米丁说，十六年前，海盐突然冒出一位叫白地的作者，写诗甚好，后在作协活动还是其他什么事情交往中（已记不真切），得相识。其时，白地在县城勤俭路设店铺谋生，印象中女帽女包为多，某日，她兴奋地告诉米丁，核电厂一写诗歌散文的，找到店里，给她看一叠打印稿，行走长江游记，写得甚好，你们可以认识一下。因缘际会，就这样，三位歌者在诗歌中相遇，遂有三人行之缘分。

近期，地方政府出台政策扶持文化，三人以"海风三人行"诗丛报题，得入选支持项目。米丁与白地，海盐人；津渡二十年前徙海盐，与樊维城一样，原籍亦湖北。与津渡游，常有樊氏褒举海盐文化之想。

海风三人行，于是就有了白地《走来的春天》、津渡《湖山里》、米丁《梦见香樟的自行车》这三本诗集。

说不尽的大海，说不尽的诗歌，在此我就不再赘述诸君诗歌了，"略而不陈，惧亵也"！

第一辑
雾中的小鸟

白 鹭

像一个外省来的模特儿，兀立着
看不清她的脸
暮色中，有点儿冷
修长的腿，有点儿孤独

流水的音乐，蛙鸣的
鼓点，混杂着大头鲶鱼老爷的嘟哝
在我们略显粗鲁的乡下
等着它静静出场

一大片橘红的云
在田埂尽头静静燃烧
而我们矜持的贵客，解开髋部
她迈开步子
将火焰从容带动

大　象

盲人摸象，一个传闻已久的故事
但是谁能告诉我：
大象，这神秘的物种
我们真正知晓的又有多少？

从林子边缘缓慢又沉着地走向河谷
一对蒲扇般的巨耳
提醒我们，不得不去倾听它的
每一次重击：
那传导到地幔深处，又从古老地心
传送回来的回应……

大象，四根粗壮的柱子
最终在天底，在河水边停下
它用修长、柔韧的鼻子
饮水，喷洒身体
那浑然一体，饱满的身形

而水里的影子看到：一个
有如塔座一般的宽大脑门，和比新月
还要光洁的象牙，浓密的睫毛

闭合的眼睑，以及
略带羞涩、谦逊的内心

等待黄昏浇铸的那一刻
大象那庞大的身躯，静静地
站在地平线上
告诉我们：大象，是住在地球上
离我们最近，唯一的神

梨

曾经看着她踩着刀刃旋转
拖曳水袖,雪的肌肤时隐时现
渐渐压低了唱腔

小小的碟子中央
让人生怜的手指
如切如磋,最后造就出一座精舍

蜜蜂,如同飞来的猛虎
在斑斓锦绣里吮吸,并且
带来了针刺

白的更白,一颗秃头
像满月一样饱满
低垂,不知要怜悯谁

一直俯瞰着心里的塔,舍利子
直到溢出水流
漫过一件果皮的袈裟

放生桥

月亮像一尾小白豚
酣睡在水里
它也许会滑入
桥,和桥的倒影的
圆孔之间

石头罅隙里
灌木掉完叶子
剩下的光杆,熠熠生辉
仿佛指尖
还残存着白昼的光热

我走在桥背上
听见了风声
两岸,屋瓦也开始滑行
神秘的灰色滑行
我的心脏是一座小庙

清　晨

繁星流泻未尽
山峦与无限的葱茏，已经就着曙色书写
宇宙在某一时刻创造的圣迹
被我的眼睛重新创造

这溪水，鸟鸣，苍蝇薄翅上掸去的露水
崖壁间苔痕的绿火，浮漾的微风
初生的叶芽在清晨缝合的寂静
丰富得令人惊讶，但不承担任何意义

四十三年过去了
我仍然会为生命的馈赠激动莫名
就像一朵云偶然停经山谷
千百枝木香花头攒动，颤抖着回应

蜣　螂

同样安静的早晨，神
高高地，仍旧坐在看不见的地方

而蜣螂，腿毛与骨节
一起嘎嘎作响，某种使命正驱使它
推动一个
危险，充满诱惑的粪球

瞧瞧那推过来的圆，正在冷却的砂粒
巨大的阴影
一下子将我覆灭

美

以树木的姿态向上伸展,然后
皮肤由白变红,如同一只手绕过脖颈
扎进浓密头发里引来的颤抖

这不是做爱的前奏
而是一棵白桦树正在经受的黎明

从山的豁口里望出去,太阳点燃了城市
一个足够喧嚣的熔炉
当然,这一切,也许并不那么讨厌

你坐在湖边,手持钓竿
感受丝线的轻柔与鱼的沉重
树的影子渐渐冷却,令你心情愉悦

大　树

我的身上长满了木耳。
正在倾听一棵大树。

地铁在挖空了的躯体里穿行
尝试把生命带到终点。

根与根痛苦地缠绕在一起。
在泥浆的记忆里翻滚。

树叶，小小的礼帽
从不同的通道里涌出
回到小小的家。

五祖寺

从放生池里跳上来的小蟾蜍
刚刚甩掉尾巴
像一群背着布袋，化缘的小和尚
着急上岸

六月天，雨过天晴
红花绿叶子闪亮
一条泥泞的小路，在雨水
和阳光中平静地燃烧

年轻的和尚，赤足
背着淋湿的柴火回来
趾缝间，不断挤出的泥浆
仿佛迷途中的小蟾蜍，一刹那纷纷回头

山门外

粉白的围墙
要照见前世和今生。

一树嫁接桃遇到春天
尤为茂盛
白花更白,红花更红。

正午,喝了酒
因而更加兴奋,我们迫切需要
加入桃花的争论。

但是院墙外的菜市场
集体抗议
反对种种凌空蹈虚。

看起来,莲藕已经修得正果
而卷心菜
包装得也不错。
大家拥有一个完美的人生。

只是盆子里的乌龟

实在笨重
鱼缸里的金鱼,裙子过于蓬松
头又太大。

谁追得上挎香烛纸袋的老妇人呢
步履矫健,她出了山门
马上消失在山径。

人流中,我们冲得七零八落
回头看看山下
鹭鸟,小划子
全部沦陷在湖心。

墙角之物

世界正是那墙角之物
面对醒着的深渊
黝暗地昏睡。

每一次哭泣过后
魔鬼的仆人
都会默契地投进去一枚硬币。

每一次,无法忍受
虱子们就会穿着太阳的袍子
走得更远。

南北湖山庄

布满灰尘的窗子,昏黄的落日
正在蒙蔽我们的心灵。
卡车满载货物,蹒跚上山
和下山的羊群擦肩而过。

藤架铺开的岁月里
孩子兀自吹着彩色的泡泡。
而谢顶的中年男人,在旅馆的浴缸里
笨拙地捕捉,滑溜溜的肥皂。

风,欲言又止
树叶短暂翻动,之后抖落果实。
夜幕开始,湖面
蓄满悲哀,静候月亮之匙。

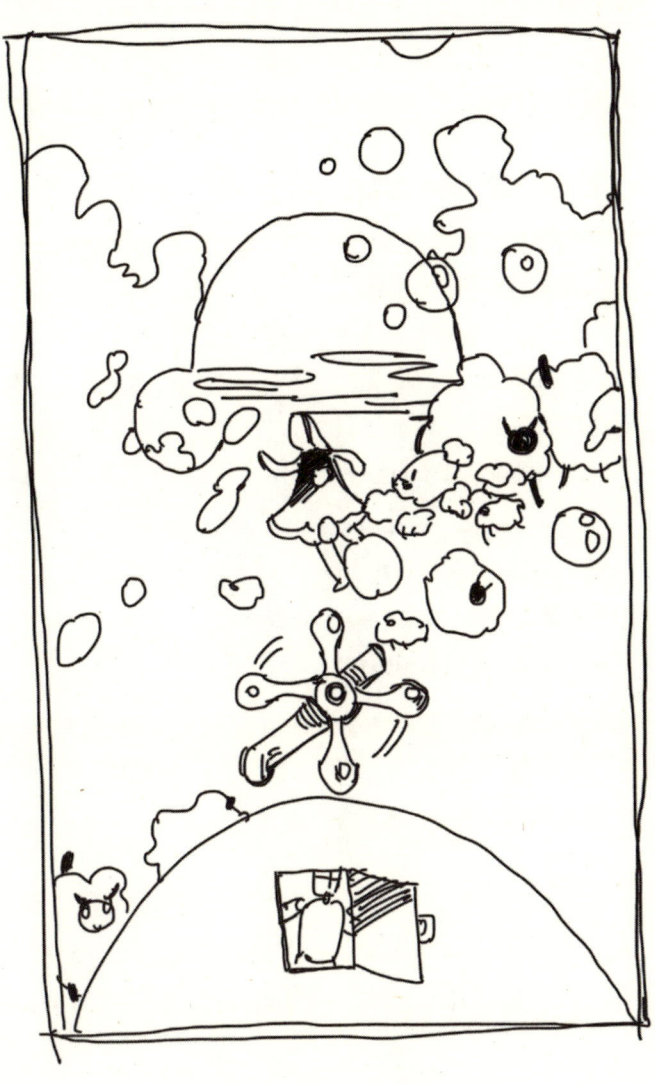

南北湖山庄　图/阿蛮

饮 者

耳朵是蝴蝶,树叶是嘴巴
风一吹
它们最先从窗台上飞走。

长的是草茎,短的是露水。
梦境的鸟巢
伸出一排玻璃管子的脖颈。

整个夜晚,我穿着白袜子
在宣纸上行走
没有痕迹,也没有惊醒你。

易碎的和完整的

我们将拥有一个又一个
打碎,又拼接的日子。
我们将拥有神
以我们的肖像塑造。

你太完整了,按照虚构的情节
依着海水重建了蜃景。
你也太容易脆裂
海浪打碎了雾影重重的年轮。

生命像一所剧院
梦境的上演如此真实。
你既然拥有一双失眠的眼睛
必定拥有,深海里下坠的脑垂体。

一张被时光打碎的脸
只有嘴唇证明存在。
我们就要飞走啦,在语言的隧道里
我们自己也追不上自己。

树　下

蘑菇们沿着树干往上爬
像一队远行的登山客
贴近了看,耳朵搭建的梯子
只有光线跳上跳下

青苔的思乡病,岩石不知道
树的腋窝阵阵恶痒
哦,起风了,枝条们婆娑起舞
仿佛赶着绿色的大海

醉了,贴着树根睡去
身体情不自禁,从衣冠里滑出
滑进树根深处的迷宫,你身无寸缕
漫游,闪闪发光

毛帽子

世界是一顶毛帽子
你使劲地揉捏
既没有挤出一杯红酒
也没有，挤出一座尖塔

时间一向沉默
那真正将要降临的
过于纷繁芜杂
你对此一无所知

当你紧紧地攥住
它是取出的，饥饿的胃
你捋平，戴上
它是头顶，小小的坟墓

夏 末

阴影移到摊开的书本之上
它使翻过去的每一页
突然变得沉重,又如此陡峭

从前,我阅读,写作
既不肩负某种使命,也从无绝望
或许,仅仅为了区别另一类人

就像风,偶尔吹过花楸和泡桐
繁密的叶片
置身于事外,一身轻松

窗下,夏天的河水去势已缓
卵石和光斑在河床上裸露
我的两个孩子,仍然在那里打捞、传递青苔

锯木头

年轻的木工,踩着马架
正在有力地拉动锯子。

每一次,伴随细碎的木屑
成型的、新鲜的木条
就会在院子里落下,然后摞好,叠上去
等待新的使命。

看样子,我们会有一个值得期许的未来。
也许不久,我们还会拥有
一把凳子、椅子,或者桌子、门
甚至一把梯子。

瞧瞧那充满信心的人
一边用一只眼睛盯着木条棱边,一边
吹开锯末的样子:
"我热爱这熟悉的工作!"

但也许,我们最终拥有的
会是一扇窗子
命运如此,一支笔对准纸张:
"写作刚刚开始。"

醒　来

五点钟，完全醒来
一个被梦境填充、臃肿的身体
被理智的条纹睡衣扶持。
衣领像一双手，托着酒醉过后
油纸一样的脸。

乍浦港，他只记起昨夜
餐桌上的一条大海鳗
那深海里的东西，那么黏腻。
如果在星空，它将是闪电
还是流星的弧线？

凌晨的杭州湾，海岸线的硬腭
依然紧咬平原。
哦窗子，不过是破洞
玄虚又空茫，那寄予厚望的天空
烟云流动，恰似餐桌上的谎言。

而他回到桌子前，墙壁
家具、烟斗与水壶，这平庸又琐碎的
生活，立刻围住了他——

一个声音振聋发聩：

不写作，无法解脱！

腐朽的香味

夜色中我们收拢翅膀
萤火虫一样
在你的坟墓周围麇集

一位死去多年的智者
像极了今晚惨淡的月亮
仍在垂耳倾听
星星的交谈

而在草丛深处
我们渐渐闻到了花萼和茎管里
腐烂的气息

大师,当你捡起骨骼间的纽扣
拢好头发,推开棺盖
你将和我们一起
度过如此醇香的夜晚

雾中的小鸟

从树枝上跳到草地觅食
乌鸫,奋力拍打肩上的水汽
像一个农夫
使劲地拍打外套上的灰尘。

而浓雾尚未消散
拇指头一般大小的斑文鸟
仍旧小心翼翼,站在水面的青苔上
捞取苔丝。

更远,看不清面容的小鸟
像小汽水瓶一样,在湖面上漂开
漂到不知名的地方去了
它们的命运啊,我们还不知道。

鹭鸟观察

还是在三月,当我和守林人
在泛绿的树林边缘张望
一对柔韧的、带着血痕的长矛
从你们头上悄悄伸出

在榉树、香樟、苦慈竹的枝梢之上
你们像巨大的花苞
静静等待那一刻到来
呱呱地鸣叫,呼唤彼此

这是多么美好的季节
雨水已经点燃泥土中的种子
而新的生命
也在那一瞬,满怀喜悦

经过扑击,冲撞
朝天张开翅翼,承载
渴待与希冀
因爱情的到来而受孕

之后,瓜熟蒂落

滚落在巢穴
裹在亲鸟的绒羽之间
慢慢地升温

一个白天
比另一个白天温暖
将架在巢上的短枝拭亮
如同炽烈的烛挂

而一个又一个夜晚
仍将由一片浅水
的海湾，星星
与贝壳的反光组成

由夹竹桃、野蔷薇、柚子树
繁密的白色花束
组成，露水
打湿整个发甜的杭州湾

然而，当我头戴遮阳帽
忍着酷热，脚底踩进厚厚一层
酸腐、散发闷臭的鸟粪之时
这只是漫长忍耐的开始

一周过去了
又是一周

还在等待,还在憧憬
在野猫爬上树冠,渐渐逼近之中

等待……
在我踩着一把梯子
在一个夜晚,爬到高处
轻轻拨开腹部短绒的查看中等待……

天青,或是蓝绿的鸟卵
静静地待在巢里
淡淡的月光流淌过来
仿佛照见了红褐色的膜

在轻柔地鼓动,甚至
听得到蛋壳上
比针尖还细的孔洞里
均匀的呼吸

忽然就在一天,听到了
萌动的声响
在夏日,雷电的轰鸣声中
在暴雨中

在树叶唇缘间升起的大合唱中
传来了一粒粒轻轻地
叩动:毕剥,毕剥

只只乳喙,努力地叩击门环

等着上帝敞开大门
倾听生命的啼鸣
头,伸出来
小小的嘴巴张开

在守林人和我
痴傻疯癫的舞蹈中
在亲鸟的胸脯前,一帘蓑羽中
露出半个头颅

一次次,亲鸟急速飞出去
又从海滨飞回来
叼来跳鱼、虾米和青蛙
放进雏鸟的小嘴

……直至傍晚
从海涛和云天里回来
嘴角,带着血丝
耷拉着两只发酥的翅膀

用疲惫,又欣慰的眼神
凝睇孩子们钻进翅翼
进入梦乡
一起分享天伦之乐

然后……是在又一天
突如其来的吼叫中
在闪电的鞭影,在树条肆虐地
抽打中,亲鸟发疯般地哀叫

在天空里盘旋
无奈地俯冲,折返
等着乌云压近
海潮卷起

台风的车驾倒泻雨水
一只只,失去亲鸟的雏鸟
从巢中跌落
哀声连绵——

被野猫掳走
被守在地底,剪径的狗獾拖走
更多的
直接吹落在地上

用尚且柔软的胫骨
和跗跖下部,蜷曲的枝趾
跌跌撞撞地
尝试迈开脚步

或者钩住树干
连同嘴巴也一起用上
衔住树枝
乞求天恩降临

无论是将要死去的
还是侥幸存活下来的
在此时,都在拼尽全力
迎接暴风雨的洗礼

睁大一对晶亮
又湿润了的眼睛——
在那里面
是一个放大了的世界

没有哀鸣
没有怨憎
更没有退缩
只有坚持,挺住,再挺住

这些幼鸟就在这一刻长大
仅有的成果得到善缘
等到太阳如期而至
在水深火热中站立起来

短短几天

它们接受最后的喂养
浑身的细羽，在这个世界里疯长
最终，飞了起来

第二辑
青　蛙

回忆录

每天写诗,像写一部回忆录
我的起句就是那窗子。

譬如水,烟斗,掉在草坪上的红色
内裤,精巧的蕾丝花边
花工小心地伸出绿
色的指头。
割草机,一个害着热病、莽撞的大家伙
忍不住颤抖。

我总是这么写着,回忆写完了
就成了遗嘱,一部分。孩子拿着稿纸
折飞机,不知飞到了哪里。

岭上的木头

天黑前砍下所有的枝柯
在雪中,我们用它拖出一条新路。
弟弟还小,他在前面哭
仅仅为他自己。

父亲独自留在岭上
听他的咳嗽,似乎能顺着树根
掘出暗河。

而我几乎同时想到了山下的屋子
和岭上的木头。
埋在雪里是件幸福的事情。

岭上的木头　图/阿蛮

春 夜

我目睹一树白玉兰黑下去了
枝梢拈着风,敲打我的玻璃
死去的人陆续回来
穿过云山雾水,最终站在窗前
我的圆领汗衫做完梦了
从虚汗里爬出,像层浸皱的油纸
我躺着,却没有睡意
悲哀与敬畏献给了同一个人
你听那窗下的春水,此刻流得多么矫情

我要拧开灯光吗,像水
突然倾注纸上,在打折的页面上
疲倦地读读同样打折的中年?
哎呀,我曾经多么爱在梦境里照镜子
那人睡在荆棘里,头悬苦胆
但现在,我又要错失一个
磨牙、打鼾、放屁的夜晚了
我躺在床上,却还在空空的大街上游荡
我走出家门,心里却想着回来
春雷隐隐,我手上半吊着一根门闩

暮 色

暮色像一条巨鲸悬浮
我看到的那个侧面,它的骨刺
正在吸附河流与树木。

那未知又玄奥的鱼头,山体
上承古老星系的天穹,下巴搁浅大地
呼吸随风鼓动。

村庄,半透明的村庄
只是很小的部分,像鱼鳔一样漂沦
铆固在深处。

渐渐黑进城里。狗的叫声若隐若现
仿佛几点夜色的烫伤。
而孩子的啼哭丝绸般持续明亮地燃烧。

是的,我注视,同时在大脑里
乘船入海,淹死,或飞翔
在茫茫涛浪中感受宇宙间隐含的痛苦。

冬 夜

院子里有一口井,井盖
并未全部盖上。
通常牛马踩着碎步先来,而后回到木槽
咀嚼夜草。
几团棕头鸦雀
像焊接在夜风晃动的柿条之上,镀上月亮
泻下的水银。
尚有未凋的、稀疏的果子
在那里给出虫害和错过花期的信息。
更晚一些,灯火
从瓦缝间消失。
大雾给村庄掖上被子,茫茫大地沉入梦乡。
犬吠偶尔溅起
像是醉后的诗章,汉字的间隙
漏出几点月光。

祖母的柴房

柴束很小,靠墙齐整地码着
祖母的旧棉袄搭在上面

一整天都在刮风
婶婶每次进去抱柴
都会带来干爽的空气

而她走出去,靴筒上
就会粘上新鲜的湿泥巴。

祖母去世后
一群鸡照常瞎转悠
雪地里,留下了几十只爪印。

偶尔,公鸡、母鸡
也会看看靠在柴房门口的椅子。

凳窝里的雪,像块薄薄的坐垫
在冬日的暖阳下
闪着光,等着融化、带走。

暗流中的花朵

河水,渐渐漫过堤坝
涨到了窗前。
灯火闪亮,穿过黑暗的水花。

你给我裙摆,笼罩寂静
给我痛
糖衣包裹的苦药。

一晚上,我们挖掘
同一个主题
铜质的镐头,和百合的花蕊。

我们的孩子已经睡去
安静的果子
是唯一。

我们耗费余生的精力,交换
彼此的账单。

沙子,泥浆
混合香水的味道,虚构

精神的草甸
花朵,转移到深处开放。

在一只古旧的青花瓶中
新种的吊兰
在屋角,疯狂地抽出叶子。

它撕扯夜的皮
尖叫
不知羞耻。

它使我感到,白昼的陌生
在胸腔,欲望的暗房
溺死一只猎豹。

潮汛最终过去
湖水平静。
主角在戏剧里分手
恢复到,序幕前的规则。

没有台词的梦境地
我们埋下头,一人找到一只枕头。
昨日凋谢的明日再来
只要我们,还没有足够地老去。

窗子是活的
　　——给青春

窗子是活的,高高地坐在风中。
有人在一片潮湿中摸索脱线的纽扣,摸到
大海上的月亮。

比我这里更加寒冷。
在乌尔姆,天鹅堡,一场雪……
把肉体轻轻推倒。

我的咳嗽,是置于你梳妆台上的一颗核桃。
我的呼吸,正在融化
胸衣上的雪花。

此刻,窗下
一群多嘴的蔷薇在锦绣堆里谈论风情
笑到了肉里。

但是,更远……才使我感到
彼此更近。
在一页页发黄的书信中,看到火柴划伤的痕迹。

哦,比我这里更加寒冷

是更加不愿提及,庸常里的疼痛。

窗子是活的,仍旧高高地坐在风中。

正午刷油漆的姑娘

那女人,骑在人字梯上
搅动刷子的鬃毛
从我身体里,蘸出淋漓的油漆

她肥满的阴部,溅满彩色
抵紧发热的玻璃
光线的长矛,在墙上撞击
折断,和解,最终死去

我和她之间,竖着一面玻璃。正午刺眼的阳光,像根根银矛不断投掷过来,枪头无声地折断。我们之间竖着一面玻璃。面前是张洁白的稿纸,我时刻注意着,它要飞起来。我用手按着它,视线还是忍不住上移。她就站在窗外的人字梯上,面对我。裆部的内容丰富,沾满油漆的牛仔裤凸起,有些褶皱,但是并不妨碍快要胀出来的饱满。我注意到那个点,贴在玻璃上抖动。哦,奥秘的发动机,一个黄金的中午突然抖动起来。止不住的眩晕中,帆布皮带上的银扣,敲出玻璃身体里的碎响。

我们之间,竖着一面玻璃。我知道这扇玻璃,从内到外地透明,但从外面,绝对看不到内面。我们之间,是事物清醒的两面,泡沫的堆砌。我曾经遇到过她,在回廊上,左手上举,露出一截茶色的腰肌。一道光,扫亮小腹,细小的金色绒毛像泡沫的呓语。一定有贪玩的孩子,溺死在那里,我曾经天真地想。但在那时,她向我点头,略带羞涩地笑,脸孔像涂满蜂蜡的水晶盘。我们之间,竖着一堵玻璃。我迷恋那些心尖上长毛的喜悦,迷恋在明亮的玻璃上转动毛刷子的感觉。我真想摸出一根银链,穿透她两根大鸟骨骸一样的锁骨。我真想拉着她跟我走,忽然就走到了阳光里。无数束光合并成一条大路。

她在我窗前转动毛刷,蓝色的窗框,蓝得像海水的壁挂一样。每天经过,我从来没有意识到,它们像今天一样蓝。可爱的灰尘,像人世间最小的唇吻,不断地落下来。我和她之间,竖着一面玻璃。呼吸,越来越像膨胀起来的一头怪兽,长满蓝色的羽毛,长满鳞甲的爪牙,从鸡尾酒一样颤抖的心脏上伸出来了。我们之间,竖着一面玻璃。呼吸加快,像火焰席卷,我希望玻璃像烛油一样地迅速地融化。像喷泉,从最高点缓缓地落下,滑向窗外蓝色的大海。

窗搭忽然啪的一声巨响,她在人字梯上打了个趔趄,我按住了面前的一张白纸。桌面上的两粒眼珠子缩了回来。我看着她弯腰,喘气,站着不动了,两眼审视玻璃,一直穿透过来,钉在我的脸上。她的一只手捏着刷子拄在窗台上,另一只手,虚按在油漆桶上。她遮住了光,在我面前迅速地晦暗，迅速地冷却下来。我看到她蹬在梯子上裂口穿洞的胶鞋，仿佛刚从蹩脚的铸钢槽中拿出，又被坚硬的斧子砍出了不规则的外沿。洒满油漆的牛仔裤，像两筒生锈的僵硬铁皮，而在弯腰时敞开的，泥塑一样的胸襟，我看到汗渍像蚯蚓巴在她的两团高耸的胸脯上。我看到大片的光死去，更多的晦暗凝固，仿佛一具青铜。我们之间，竖着一面玻璃。我突然听着许多长满铜绿的零件在我身体里无声地脱落，一片空白安然进驻我的身体。我最终从玻璃里遁身。

井

你父亲在院子里挖了口井
水无穷无尽,引来一条河。

你父亲打水,浇园
河暗暗地游过来
水的光芒,低声呼喊你。

你长大后,力量无穷无尽
你遍历江湖
河流,无穷无尽。

衰年之后,你拄杖归来
井口被落叶覆盖,黄花飘摇
你父亲已死去多时。

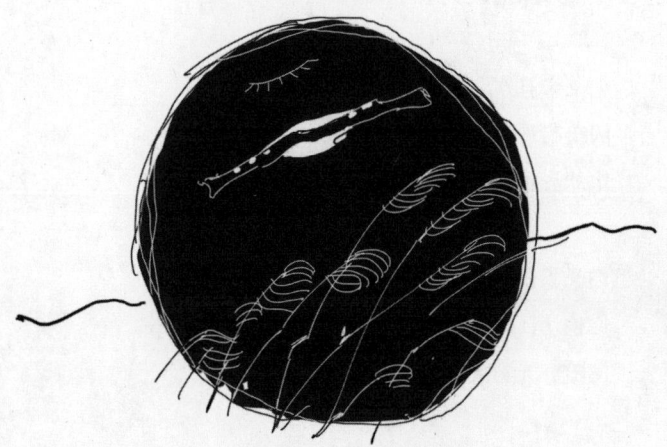

芦笛　图/阿蛮

芦 笛

吹吧,小小的风吹吧
宽阔的大地上,蓝靛鸟裹紧羽毛
填满了白杨枝间寒冷的日子。

孤单单地,树下走过
最好的兄弟。

苇子黄了,芦根雪白
一如干净的童年。
仍在吹奏的歌,吹开汉水
沉默的烟障。

多么执着的流水,向着心扉
持续跃入岁月的深渊。

我父亲的房屋

我父亲的房屋是一艘船
缆绳，拴在井上。

我父亲的房屋在数不清的小河中间碰撞
没有桨柄，我父亲留下的石磨
压断了风的双手。

我父亲的房屋在阳光的石头下喘气
野草塞满它的嘴巴。

我父亲的房屋冲到高高的山顶
夜晚，星星压榨它的脊梁
我父亲的房屋在月光下拆散，四处流浪。

村　子

一切都被完整地保存。

半夜里，月亮掉进黝黑的树洞。
一条荧光闪闪的飞毯
在林杈间，由萤火虫与数不清的
飞舞的蚊蚋组成。

有什么东西
在远处，天际
滑翔，然后黯淡地熄灭了。

所有的花朵都在暗中
合掌祈祷
而钟舌，早已被聋哑的大叔偷走。

你跟着风翻进院墙
跟随一只指节粗大的手，均匀地转动磨盘
两片巨大的腭骨
淌下的乳浆，像一绺灰色的头发。

灯，只有一盏

若有若无地燃烧
残存的气息。

在古老的井壁,排着队,往上爬着
一丛丛,湿黑的蘑菇。

而月亮,这次掉进了深井。

浪漫主义的江流

无数次
曾经是同一条江流。

哑闷的运沙船,和船板上
跳绳的小女孩
像一对欢喜冤家走远。

穿肥大破裤子的流浪汉
不怀好意地遇见
看守棉花仓库、警惕的哑巴。

浮云向着落日倾销成吨
的乡愁,钟楼
准点敲响了江豚闪光的尾巴。

昏暗的小巷
一群工人在煤渣堆中抬起脸和眼睛
辨认革命领袖的画像。

而在夜色堕落的床铺
所有的月亮,李白的,杜甫的,张若虚的

都是我收藏的像章。

哦，窗子
忍着疼痛，洗澡的少女
仍然在脚踝上生长

在水的撩拨中
她们安装上翅膀
将一条浪漫主义的河流引到了天上。

龙　鲤

这鲤鱼，从巴颜喀拉出发，绕过
阿尼玛卿雪山，冲过壶口
这鲤鱼，眼珠抬高，望着龙门
这鲤鱼，猛地——
往沸水里一跳

这鲤鱼再无心、无肝、无肺，再无
一腔子黄河浊浪的肠胃
剪掉鳔，抽掉筋，切开肚腹
这鲤鱼，一头扎进
花椒壳与辣椒皮的火锅

无名之火翻滚
像是锦鳞成片成片，从肉根之处炸开
这鲤鱼，喘着粗气
吐着烟火，这鲤鱼
忽然就卷起身上的皮，揭开了一面红旗

这鲤鱼，从雪堆一样的肉里
终于亮出骨脊与戟刺：那一道高高跃过龙门
漂亮的弧，以及

弧的原形,连同绵延的群山与曲水
一起煮得稀烂

大象的葬礼

这是清晨。
一头年迈的大象倒下去的时候
地心不禁为之一震。

而蜣螂,将滚动的粪球稳住
只为凝神倾听。

苍蝇,脚夫一样的家伙们
搓手捻脚,即刻举办庆祝舞会
纷纷发表蹩脚的评论。

一只瞪羚,怀着内心的恐惧
跳起来
转眼不见踪影。

远远的,那长腿
优雅得令人伤感的长颈鹿
也只在林子边上注视。

是的,狮子来了。
绕着大象缓慢地转圈。

这一次，它仍然选择
在大象的屁股后面下口
像懦夫那样。

其实，大象的灵魂已经轻轻离开。
肉体贴着泥土
只是暂存于一具革囊之中。

强盗们，鬣狗，明火执仗地赶来了。
尸体
被最锋利的牙齿，强有力地切割皮肉和骨头。

一切都在有条不紊地进行。
秃鹫，最终的黑色礼花
鸣唱盛宴的赞歌。

薄暮时分，草原突然格外地宁静。
大象，几乎贡献了
全部的所有。

夕光映照，那里只剩下一具白森森的
巨大骨架。

缓慢地，几个月后
它终于消失于一片长草之中。
看起来，更像是青草
猛地把它拉进了自己的怀里。

一个男人追赶一只蚂蚁

他观察到一群蚂蚁追赶另一群蚂蚁,战争
发生在世界最小的角落。
而一只蚂蚁悄悄爬上他的腕表
它脱离主战场,吃力地搬动表把
仿佛是要摇动井架上的辘轳
提起一口深井里的光阴。
他观察到一个男人努力追赶一只蚂蚁
在另一个世界里,无欲无求
不为人知地衰老。

桑葚树记忆

桑葚树是男孩子的朋友,它的宽大叶片
投下的浓荫,都是心灵的庇护所。
他刚刚在那里扭断灰蓝喜鹊的脖子,像自行车的链条一样
松下来,他就下意识地
捂紧了树身上的疙瘩,一个哑巴疙瘩。
可是,如果那树杈像夹不紧的腋窝
淡青色的鸟蛋纷纷落下来,他是不是该立即从绿叶中伸
　出脚
让它们悄悄落在脚背上?
男孩子冷静地从树上滑下来,双手插进裤袋里
男孩子抿紧了被桑葚涂得乌青的嘴巴。

青 蛙

像颗心脏那样,它在他的裤袋里蹦跳。
男孩子,小心地看着它
马上捂紧袋口,开始在泥浆中奔跑。
是的,一只青蛙,在塘水里
它的歌,就像细小的拉索小心拉起水珠
听起来,仿佛要令人伤痛。
但是现在,没有另外的人
男孩子的一点诡计,轻易地得逞。
他把它从苔窝中抓来,得意又心慌
一如林间的惊风,从高高的枝梢
不知不觉地掠过。转瞬
一个天空,飞速地旋转起来
哦,那是叫作父亲的人,在院子里
把死去的獐子,随手扔在劈柴火堆旁;
那是冬天,下着大雪
他那样提着猎枪,吹吹枪口
又漫不经心地,吹响口哨。
可是男孩子,男孩子的手心
全是汗珠,男孩子,一整天
都在拼命地躲藏什么?
是的,大腿上,像长着另一颗

潮湿的心脏，一直连着他的心跳……
有一阵子，男孩子很懊恼
他甚至捧起脸，低低地哭泣。
林子中间，是零乱的兽骨
鸟毛，和一片遭遇过践踏的土地
浓重的褐色，几乎要让人昏厥。
而柳木墩子旁边，刀子
像副冰冷的下巴，在树荫里冷冷地讥笑。
像一个男孩子，不情愿地等来
上课的铃铛，当他们学会削铅笔的时候
就已经明白锋利的存在。
而他们就是这样慢慢地长大
就像他最终，悄悄地来到林间
从裤带里捏出它，像捏着他自己
一个小人儿——闭着眼睛
放在木头的肩上，等待最后的一击！
他分不出掌心里是汗水
还是黏液？被分开的躯体
无辜地扔在一旁，头，居然回过来
不可置信地望着墩子边
掉下去的，抽搐着的躯体。
新鲜的断口，样子恐怖
什么东西流淌着，然后慢慢地凝固
直到天黑……什么也看不见了。
于是，男孩子就在睡梦中
梦见一只，又一只的青蛙

叠上去,叠上去……
男孩子夹在中间,看到了
一个没有表情的头,在柳木墩子上
凝望,就像放在高高的祭祀台。
这又是一个新的早晨
男孩子什么也记不起来了
他恍惚记得,刀子下去时的那一声闷哼。
那一个夏天忽然就飞过去了
连同整个少年时代都飞了过去。

和弟弟吃晚饭

停电了。
在不易觉察、短暂的停顿之后
我们放慢咀嚼,压低了声音。
这并非是简单的教养问题,而是因为此前
过于激烈的言辞,处境
和不同的道路。
生活造成了这一切。
我们彼此没有看到对方身处的黑暗。
现在,在同样的黑暗
黑夜里,我反而看到更多清晰的你。
你在码头上对着渡船蹦跳,拼命地挥手
迎接我拿着录取通知书回来
在突然降临的暴雨中和我拥抱、流泪。
然后,你辍学
学会喝酒,在麻纺厂的铁脚架上
一个星期踩坏一双胶鞋
抽烟,早恋
在水果摊前,拿着西瓜刀追赶嘲笑的小流氓。
你早就不吹笛子了
一再的贫穷、沮丧和自卑之后,尊严
最后只剩下匹夫之勇。

接着，生活又有了变化
你重新上学，工作，结婚，初为人父
离婚，再结婚
你脸上的清澈呢？日子反复无常
像是接踵而来的笑话。
你沉闷，狭隘，苛刻自己，节俭
对我花费的态度向来颇有微词
却不知那些东西对于身后了无意义。
当我和一帮朋友，菜贩、叉车司机、倒班工人
划拳，东倒西歪
你感到不可思议……
你的骄傲，甚至变成了愤怒。
你不知道，你本身
正是其中的一员。
无论是羊圈里的灰尘，还是供桌上的灰尘
最终都要回到大地。
同样，你不能忍受的文字
我的文字，那正是我的黑暗
连着你的痛苦的黑暗。
但是，无论如何
你始终关注着我的衰老、疾病和苦痛。
每一次，在餐桌上举杯
激烈争吵，母亲都带着微笑。
从她身上掉下来的肉块
漫长的经历使她明白，正在延续
她的肉体和心灵。

你看,灯亮了
在母亲面前,在桌子下面
我们默契地伸出两只手,又握在了一起。
灯光如水
似乎没有一丝波澜。
我突然记起来,我们去水库游泳
脱光衣服,兴奋地跳下去
镰刀割伤了你的大腿。
我背起你,朝着村子里简陋的卫生所狂奔
在疼痛和死亡的恐惧面前
我们都忘记了穿上衣服。

箱子　图/阿蛮

南台头闸赋怀

来了呵,十一月的河面
泛着冰碴,瘸了的老马却放任自流
在上游,它向我走来,啃着冬蒿

我长久地端坐水边
衣襟下垂,伸入了月亮
而原野上,一条银亮的绸缎缓缓滑动

是在这沉静的夜晚,我的梦
我的遥远的天边,连同我、我的小镇
才能清洗干净,并经此东海之滨庞大的闸口
跃入大海

我不是生在这里
但我死后,必将葬在这里

我开始得太晚
结束得也将更晚

生命充满遗憾:我没有沽酒在东晋
我没有赋诗在唐朝,我也没有骑着蹇驴,行走在剑阁

我是荆楚的子民,无缘长在四川

绕着一根长长的纬线,我从高山上走下
走到平原,从中原,又来到东海

我带来江水,沔水
我带来楚人骨子里,楚人的精血
我带来屈子的汉腔,一百四十四个天问

在那遥远的地方
水稻生在低洼,芝麻长在高冈
晨曦每从犍牛的牺角上高高挑起,晚霞
投照低矮的猪圈

夏天的池塘长满了莲花,冬天的湖荡
摇曳芦花,在椰榆和石井的边上
是我简朴的家

我父亲为我折好了描红的元书纸
我母亲为我纳紧了布鞋底,为了我胸含墨华
走遍天下,我年幼的弟弟
早早去了工地

而我跨过了龙尾山、京山、枝山、五峰山、武当山
我在岳麓山短暂逗留,离开了潇湘水系……

有限的一生里，我将无愧于我的学习
伴随我的生地、我栖止的地方
我生命的最后一刻
我的死地

我是大地上的漫游者
生活的鞭子，终老也将轻轻敲打我的灵魂

我喜乐于游历名山大川，并向所有的人致敬
我起步于学堂
但我更多的经历是在旅店

我在工厂奉献了我的一部分，但在医院
教堂
人们和上帝归还给了我

我感谢所有的亲人和朋友，我要郑重感谢我的老师
每一个铁钉，和每一个趔趄

我一生将感谢所有的时间
感谢大地
感谢水

在我终老的地方，我感谢所有生命的滋养

在终老的地方，汇集终身的心血

我守着我的小镇，我的本我，和我身体里
拥挤而来的人群

我一生都在积累，长大
我一生都在付出

坐立于下游，却等着上游的泛泛之水
而上游顷刻翻身为下游

我开始得并不晚，在每一片激流重新扬起时
但我的结束，却要很晚
很晚

坐在这巨大的闸口
我是坐在当下
又不在当下

当春天的桑叶绽绿，蚕卵已在冬天产下
芦雁与海鸥飞到金色波光的海面
菖蒲与芦苇丛中，挤满了鸟蛋

二月的竹网架在潮上，茅棚里的成鳗已经出售
夏季的鱼摊，堆满了海鲈与石斑……

而在我书写此诗之时
渔人们，早已用猪血漆好渔网的网格

仿佛古老的象形文字

我这最无用的诗人
一生要将文字细读,我推敲生活
连接好诗行骨架的榫头

我思考,我探索,我用一百个问题
来回答内心的沉默
我用身体里拥挤着的一百个人,交出同一份答卷

我走在路上,但不是那放任自流的老马
我的身体和我的经历
每时每刻都在归零,从零开始

开始于零
结束于更大的零

我坐在巨大的闸口听任背后喧嚣的水流
面对平静的大海

第三辑
湖山里

拾遗录

沿 途

沿途会看到山,水
花鸟虫鱼与走兽。粮仓米店,绸缎庄
这都不重要。

沿途会看到医院,学校,旅店
最后一站是殡仪馆
一如全部的要义。

启 示

哭吧,死了孩子的妇人
暮色在水流前方,悄无声息布下。

在上次沉船的地点
我们得到提醒——
在不知名的水域,我们随时准备
成为他人的教训。

雨　后

跟随鸟翼扇动的闪电
穿过树冠之间
黏稠的黑暗，空中
那苍白的枝丫，失血的手指
将是失明者冰冻的音乐。

箱　子

打开箱子，里面伸出
一只手，它把我拉进去。
打开箱子，它把我
装进箱子里。一直很静
我的灵魂和肉体相互劫持。

失眠之锯

一晚上，木工都在拉锯。
他锯木头，锯断阴影
锯灯光，木屑飞扬
他锯我的睡眠，我的夜
一下一下，咯吱咯吱
锯开大脑和白天。
白天，我路过肉联厂

牛腹锯开，青草还未消化。

大　海

你给我天空下巨大的塌陷
幻觉，波浪的撕裂和拼结。
你给我光，一千面，一万面
菱形的小镜，且以完全不同的方向。
唯在镜子背面，得到和谐的统一
你给我，无穷的深渊与黑暗。
你用吼叫，对峙我日渐衰败的生命。

园　丁

你不知道，他递给过我
一把闪亮的剪刀。
他教我，剪掉时光中的新蘖
毫不犹豫。那染黑的头发沾满露水
汗水，洗白发根。

女人们

一筐桃子，等着我们去吃
熟的，生的，半生不熟的
好的，烂的，生了虫眼的
结果惊人的一致，我们会

吐出核，一样一样的桃核

墓园

女士们，先生们，不男不女的家伙们
请保持你们的表情，微笑着的
愤怒的，或者无所谓的，有所谓的
让我看清你们在世的熊样，想告诉我
什么？哦，谁还想发言，你是一个好人！

空间

苍蝇不动，壁虎也不动。
那么多脚，螺钉帽下
拧紧的空间不动。
牵一根嗡嗡的线，苍蝇
跳了起来，整个空间晃了起来。
小火苗，壁虎的舌头
一闪，苍蝇消失
壁虎的脚趾，吸紧更大的地盘。

我养的六条小鱼

一条撑死了。
一条病死了。
在争夺领袖的决斗中

一条战死了,一条
由于衍生而来的爱情,折磨死了。
余下的一对,一只被猫抓走
另一条,将郁郁而终。

生

我血管里的一群鱼,无性繁殖
我持续地活。
我皮肤上布满火成岩
我时日无多。
我筋骨里,隐藏力气和动机
我指缝深处积满细菌。
我攫取,我挥霍
我忏悔,我的眼睛里涌出泪水。

原谅我那年老的马桶吧

原谅我那年老的马桶,满面疤痕
缺齿,渗水
到了爱打嗝的年纪。
它一再失眠,一滴又一滴
滴着瘆人的安静。
而我的孩子起床
上一趟厕所,我就想一池好水
轰隆隆地

像流走了，弄脏的青春。

我在一间密封的房子里生活多年

一共是六面，墙壁，地板，天花板。
没有门，没有窗子
我害怕风雨，人世的哭声。
我也决不敲掉地板，通向地狱。
上帝高高在上，但我拒绝
掀开天花板，裸示我的罪行。
我在一间密封的房子里生活多年。

在燠热的下午遭遇停电

白鸟，神经质地，俯冲下来
在草坪的平底锅上。黄杨木围成一团
像烙好的剪饼。白鸟，它们不吃
拉灼热的屎，只留给绳子晃动
气流中，越来越小的摇篮。我孩子
在我手臂，嗓音嘶哑，越来越细
我的汗水不能浇灌，心内如焚。

积　木

孩子，这多余的一块
我们放在哪里？

——我们推倒这房子
重新再来?

哦,不!
这多余的一块,像你的哭泣
像我在浮生,抛弃的仇恨。

剪　刀

如果蝴蝶的两根触须
变成两柄利刃
那将是另一把剪刀。
剪树叶
剪草芽
剪春天的脐带
剪一纸时光易烂的窗花。

一棵树

这棵不安分的树,急于怀孕
能开花,善结果子。
老实的人,不知道拐弯
沿着死胡同,堪堪走到尽头。
而聪明的家伙们
擅长于鸡生蛋、蛋生鸡的游戏

从始至终，无穷无尽
到死也不勾销。
最后，这棵树倒下来
他们统统埋葬在地平线下。

秘　密

这么多年，我把一团黑
藏得更黑。

一只哑了嗓子的乌鸦
扑腾在里面。

总有一天，它死去
成为沉默的石头。

过　渡

好女孩，嚼着口香糖
坐上了，画家李的腿。

画家李，悄悄上了趟卫生间。
他除口臭，挤牙膏
挤出一节，白大腿。

第三者

他在圆形的方向盘上寻找直线
他在红黄绿灯中躲避警察。
他发动四个轮胎
一个备用胎。

终于,他上了单行道
而她,凭空多出一条路来
于是他取下电板,让一段哭泣
闷死在手机里。

无　眠

花园。灌木和长草之间纠缠着逻辑
繁星交谈数学的奥秘。
穿过历史般的黑夜,白昼抵达
空气中闪烁哲学的光线,那天空明亮
诗歌像鸽羽一样张开。

弯　道

在此之前,汽车拖着影子飞跑,喇叭声
轻巧地拐弯,掉进尘埃
一些人,匆促地举行告别仪式。

现在,路标已经栽好,用弯曲的线条、箭头
用醒目的黄色、黑色
告诫我们:生与死的门扉紧邻。
道班工抽完了烟,一脚踩熄愤怒的烟头。

蚯 蚓

那危险的迁徙,在雨中进行
从一块草坪,爬向广场。
雨水骤然停止,太阳舔干水泥
一节橡皮筋,拼命地弹跳。
终于,静止下来
一截弯曲的黑铁丝线,搁下了
问号:还会有雨,有阳光,
那时我们找到什么,灰尘

岩 画

小心翼翼地,草丛分开
一只豹,腾的一下
跳进石头里。四只脚
四个夸张的大肉垫
爪子,扎在竖起的平面里。
它嗥叫,声音
卡在石头内心。
它饥饿、瘦小的胃害着炎症

黏膜有脱落的迹象。
现在,它转过头来
逼近我
几万年来,它终于吓人一跳。

航海图

哥伦布死后,人们从好望角出发
地图一再被放大,从非洲
一直拉到亚洲,悬挂在两极。
两个眼球,转动一个轴
五大洋,九大洲
好让人们的红蓝铅笔
找到新的,标注箭头的地方。

杀 生

砧板,折叠刀,大铁钉
厨师肥胖的手
动作轻柔。他捋直
黄鳝的曲度,如拍打婴儿
酣睡的鼻息。
刀子,毫不含糊地
沿着脊梁,扎入朽木一样
勾出,一根拉链。
我们已闻到香气了

厨房里的一锅油，滋啦啦地
滋啦啦地喊叫。

手　术

我脱下衣裳，穿上灯光
医生们，用明晃晃的刀子
灼伤我的眼睛。

假若我死去，他们扔掉手套
假若我活下来
他们静静地，去水池边洗手。

热　病

石榴花在窗下，一口钨丝在
晃。一个人在屋子里
打摆子。
医生有癣斑的手，像熟鸡爪
针筒里，灌满了胶水
他用力挤——
玻璃上，蜗牛拖着笨重的夏天
我身体里蠕动的
一道黏迹。

洗 澡

镜子里有个人,隔着雾
看不清楚。
他的凉鞋搁在一旁,里面
两只会叫的青蛙
休眠多时。瓷砖与瓷砖
缝隙间,夹着什么?
水龙头拧不紧,时间
一滴一滴的,灯光越来越暗。
瓶花,沾满了水汽
慢慢弯下腰来,向着枯萎的方向。
我搓,我搓
我搓不掉那些赘肉和暗纹。

念 经

佛陀,木鱼叫一声
我身体里,白玉兰花心打开
佛陀,跟着叫一声。
佛陀,佛陀,线匣里
花花绿绿的蛔虫缠成死结
理也理不清。
灯泡亮着,老和尚
盘坐在天花板上

倒垂个头,没一根杂毛。

游 魂
　　　　——致 R. S. 托马斯

那里,山冈上
松林砌出内心的教堂模样
繁星的蜡烛倒栽着。

那里,孤独的夜行人
习惯于把生,置于死静的荒野
大地被步音惊醒。

在甘蓝地头

农妇在田间收割甘蓝。她的屁股肥大
呈给天空。
她的头低向大地,铲刀
淌满汁水。
我们听不到,另一个世界
微弱的哀号。

孩子在田埂上歌唱,无忧且无虑。

坡

一个点
一点一点地,到高处
像个人样了。

一点一点地
一点
到土底下去了。

盲　道

一根开了岔口的竹棍,小心
探上鳄鱼的脊背。前面
红眼睛,绿眼睛,十字路口
鳄鱼张开大口。暮色里
嚓,嚓,你听
利齿嚼碎鸡骨一般的声音。

围　观

很多人围在那里。
一堆蚂蚁。

很多蚂蚁围在那里。

一块融化的糖。

黏着死苍蝇。

它们要糖,还是苍蝇?

亲爱的,我们好好想想
甜蜜的时光围着我们。

链　条

孩子,别怕
请把你的一只手给我
像我的另一只手,握紧我父亲。

无边的夜里,时间一点点融化
我父亲的手,在链条上熔掉
你的手渐渐长大。

伐木人的路

伐木人身体单薄,提着斧子
在路的中心线上行走。

两边的林木,渐渐夹紧了他。

越走越远——
他拖着路在走了。

不，他彻底扔掉这条路了。

在断掉视线的深处，斧斤叮当。

山舆诗话（24章）

獐　山

山上，不知山下的时光。
那惊惶跳起的小动物，转瞬不见。
而青苔，惯于把鹿道上的蹄印掩盖。
黄昏，我在木屋里趺坐
细小的尘埃
无法左右自己，因为光柱的消失而遁于无形。
我先是听到了整座山的空寂，树叶的凋落
然后，才是水壶里的沸鸣。
星云汹涌，在无边的夜空里展开
宇宙忙于自身的建造与毁坏
并不怜悯任何孤单的个体。

麂　山

一年之中，山道上流泻的风时缓时急。
太阳数次变更，回到初始位置
而月亮每每在荒野踱步，照样能够
准确无误地投宿水井。

一次呼吸像埋藏在雪底那样漫长,山峰
转眼在绿色里复活。
这是格外开心的一天
你采摘鲜花,收集野果,在山道上追赶小动物
目送倦鸟归巢,生命如此挥霍浪费
却不因此增加特别的意义。
无论我多么贪恋现在的生活,无论是
美的,无用的
在时间的长镜里,都将会有一只手伸出来
讨回全部的生活。

高阳山

离我上次寻访,芫花
开过数度。
而枫香的辇盖,在寂寥的岁月中
已经从山脚驶向山腰。
这些猫一样的云,蜷缩在山谷里酣眠
倘若起身,它们会越过山尖
以雨点的方式注入大海。
数年的观察,短暂的觉悟
我该写下什么?
麋鹿唇吻下衔接的水线,小云雀
随着风吹动的发冠
在诗行里浮现,突然一起静止。

青　山

雨后的山路更加难行。
黑色的泥浆,如同蝌蚪向着草丛扑溅。
侧柏的枝条挂满雨珠,有一张张
似曾相识,故人的脸。
昔年,干宝扶着他父亲的棺椁上山
他的母亲,将父亲的小妾
推入土穴陪葬。又有年,其母病殁
小妾破坟而出,颜容不改
自述另一个世界,一如生前。
此刻登临,怀揣《搜神记》
我也幻想拥有一台传说的榨汁机
倒出像青苔那样古老的生物,那样湿漉漉的
碧绿与新鲜。但风吹向砾石堆
两耳里,只有盛夏的群蛙鸣声鼓噪。

崀　山

日夜鼓荡的风,在流徙途中辗转
一座大山全部的智慧
静默到无言。
而鸟声鸣溅,落入青草,只有光斑的
小镜子照见。
这些山脚下的房子,用尽心力

终究会在时光中坍塌
在大海,日夜的对峙与吼叫中
随着海浪四处漂散。
我正要上山,修习隐居的生活。
在山道上,与无数个徒劳的我相遇,告别。
我要清水,朴素的谷物和书本
我将在彩虹下面,还原一座语言的巴别塔。

封　山

八月中旬,我在山脚下的水库里垂钓
日光在水流上漂动
仿佛屋顶上的铝皮,在风中轻轻摇晃。
正午,网兜中的花鲢
开始焦虑地挣扎,而我最终在一株幼小水杉
的注视下,把它们放入水流。
倦了,顺势把疲乏的身子放下
鸭舌帽下的一窝蘑菇,噙着泪水
似乎正叫着我:"叔叔,叔叔
求你带走我们!"
这一觉睡到傍晚,山林更加寂静
那趴在岩石背后的猎人,两腿绷直
正在耐心地等待晚归的山鸡
杀机暗藏,他脚下的岩土忍不住簌簌地落下。

北木山

云朵像赶考的秀才
行色匆匆,要到峪口的石城里投宿。
野菊花,这样消瘦的修行者
沿着小路继续上山
杯盏里,擎着夕光的流转。
我孤身一人,在北木山山隅静坐。
秋天,该开花的继续开花
该落叶的落叶
如果这些就是天空送下来的神谕,那么
我将在心底唤醒自己。
宇宙,一个混沌的巨卵
在暮色四合中沦落聚合,忙于它自身
纷繁芜杂的拯救。

隐马山

浓雾像马群一样
在山谷里涌动。
每一次,阳光巨大的石头落下
将它们四处驱散,又无声合拢。
从谷口里走出的河流,像段即兴的小调
在平原上,身子俯得更低。
远处,是两行掉光叶子的白杨

黑白两色里的农房。
不经意的风景，安静得像幅画
看起来，会有一个美妙的人生。
而业已收割完毕的田野，风继续扫荡土坷垃
麻雀、乌鸦，还是灵魂什么的
只有扔下的，一地鞭子似的干稻草
领受寒霜，对天空无言。

南木山

不觉间走到山的尽头
道路迷失于身后，藤蔓的缠绕。
石壁上青苔点点，随着日光的移动
因而晦明不定。
新松昂扬，云袖不断拂荡天空，而柏木垂老
淡然入定。
返身回来，我一无所得。
这世界上，只有风畅快自由
任意到达每一个地方，只有平地上才能搁置
平凡的生活。
你看，一畦的塔菜
已经建造到第七层楼。
房子、牛栏，树杈间的鸟巢，还有新修的
通信信号塔
都希望在日光中燃烧中焚为灰烬。

东　山

所有的树杈
都只为日子举着空白。
月亮和飞临的鸟儿,都不能填补。
我曾经在东山脚下等待,一个白昼
接着另一个白昼。
那样怪诞的树杈子,随着风百无聊赖
在塘水的阴影里,起劲地
叉一张苍白的脸。
继而,什么东西又在水面无情地打碎
推开水汽
接受不可预知的伤害。
谁能从这致命的缺陷中获得圆满。
远游,沉思,修行
终究是回到起点,度过短暂而又荒秽的一生。

大横山

压低了的夏夜
萤火虫在蛙声的间隙里飞行
夜风浮沉,荷苞与芦根
不时送来阵阵香气。
那渺小之物,微茫的幻觉
终将坠入深渊,了无踪迹。

而我感念山阿如昨,横亘在眼前。
那山腰里的一豆灯火
可是少年顾况读书之处?
此刻,他所迷恋的晒谷场
如一席草簟,在大海里漂流
他手指间漏下的盐,同样染白我的发根。
曾经,我是如此羡慕:
站立于高高的天庭,展开诗卷
星斗熠熠,华章焕然。

葛 山

每吟下一句诗
便有另一句来反对,不,十句,一百句的
反对。
在山道上,我累得气喘吁吁。
上山的台阶,多数已经毁损
而踢开的碎石,就像被抛弃的字词。
云雾遮蔽头顶,下一行诗仍然在继续
等待——
有朝一日,当我躺下
那会不会是最后的一行?
而我加快步伐,登临山顶
不禁哑然失笑
青草丛生,掩藏了所有消息。
我惊讶地发现:

最大的一行诗,竟然变成了平地。

鸡笼山

你全然不知,那业已发生
和尚未发生的事体。
风,朴树摇荡的枝条,以及树影里争夺光源的
粉色绣线菊,石耳,活血丹
正在给出怎样的启示?
万能的造物主,给出了如此众多的脸孔
万事万物,又该如何确立
自己的位置?
烟霭向着湖心弥漫,一波又一波追逐的湖水
拍打崖岸,寻找石头的罅隙。
你,愚蠢的诗人
一整天都在鸡笼山里逡巡,心力交瘁
走走,停停
重新回到眠卧之处。

紫云山

几里之外
大海还在酣眠。
一条大河,没日没夜地搬运泥沙。
沿街的白玉兰盛开,自行车在花丛下穿过
追赶方头方脑的公交车。

而在街道拐角的院落,一位妇人

愤怒地拉开窗子,正在咒骂

推了牌九回来,刚刚睡下的儿子。

慌慌张张惊起的乌鸦

叼起石楠的果实,迅速地飞走

更多的果实,将要掉进泥里,烂掉。

无论如何,我喜欢这样

我喜欢这一切。

泊橹山

夜晚,一根松杉

重新升起月亮的白帆。

整座山像艘巨艇,在大海里疾驶

不知何去何从。

在山顶枯坐,我心意萧索。

那么多白色的、黑色的,海浪的声音汇集

仿佛正在呼喊鱼群聚拢

而星子们,含着微茫的光线浮游

越来越远。

我想起一个贩卖私盐的汉子,曾经

也在此休憩,钱塘王国

肇始于一根扁担和一对箩筐。

为什么我这样干渴、饥饿

却只想感受到生命的流浪和荒凉。

独　山

山小，树木更小
也因此为斧斤所赦。
雨脚收住，田鹀
重新飞回蓬藁刺丛中的巢穴。
一朵小花，悄悄用花蕾上
噙住的水珠，试图照亮无名的石头。
还有，野燕麦的发条
在弯曲的脖颈上用力拧紧
那样纤细的指针，茫然地指着某个岁月。
更远，海浪不知疲倦搬运泥沙
培植小山似的孤独。

筱　山

我往前走，影子也往前走
我退后，石头上
马上映出一朵小花
一簇，竹枝画出的暗影。
误解由此加深，看不见的桨叶
在我腑脏里搅动
仿佛正在提炼出另外一种新奇的东西
纯白，闪着光亮。
然后，我闭上眼睛

听任蚂蚁将我抬走,抬上餐桌。
而泉眼里的流动,鸟鸣,沙虫的呢哝
正在分解亿万年沉睡着的山体。
这些,与我经历的一样
这些,我再也不用看见。

金牛山

白天,穿行山谷
青苔绿得像张张蛙皮垂挂
而石壁峭立,上面镌刻的经文
正和松树的树根缠绕。
不惑之年,祸福舍得
唯有个人身心体味。
在山顶上,你庆幸找到了有如卧牛的巨石
那铺盖其上,用以悬壶济世的荷叶
早就淹灭。
下山,泉眼业已枯绝
你在惠泉寺歇脚,喝自来水
看一个和尚在宣纸上描绘无根之莲。

狮子山

而此时狮子走下海滩
鬃毛在水面上翻卷
它将和恐惧的深海之物对峙。

泡沫中，拍打上岸的红色凉拖
使人想起撕碎大海的布匹
鲨鱼的牙龈。
那尚未熄灭的柴堆
沙子的城堡，一连串的脚印
让人陷入更深的绝望。
对大海而言，洋流裹挟海胆与贝壳
风云与星月
所有的日子，都是吼叫的日子。
从天空往下看
漩涡里的山峰太小啦，不过是枚
急速旋转的小陀螺。

黄道山

我记得去年初夏。
河水暗涨，菖蒲心里抽出了嫩芽。
马兰头，高过了鞋面
山羊恣意地啃吃。
有一大群煤山雀在头顶叽叽喳喳
且战且退，反复阻止我上山。
后来，太阳升起来
热气蒸腾，蹄盖蕨蜷曲的芽顶
猛地，拱翻了红色的黏土。
从羊粪球里新生的小蜣螂，六只
还是五只，背甲

泛着黛绿，脚爪簌簌
神气活现地爬向四面八方。
我记得风，将我胸窝里积满的汗水吹凉
我记得我和大海、群峰碰撞
拎起酒瓶干杯
将我生命里的一天填满。

葫芦山

暮晚，废弃的营房
隐没于树丛和泥坯之中。
死去的枯草，听从风的召唤
在摇摆中——复活。
某一瞬间，树林、山峦，愈发地黏稠
巨大的黑暗迫近
你伸手，抚摸它的头
灯光突然像一截舌头垂向湖面。
野鸭子，像小葫芦一样
四处盲目地漂开
那凌乱的水线，似乎要深深刻进谁的脸庞。

大尖山

这并不坏——
车胎爆掉，五月的某一天
你靠在汽车引擎盖上，忽然看见了它

繁密的夹竹桃和蔷薇的白花
簇拥的气息向着喉头涌来。
你的手松开, 扳手
似乎从右边的大腿里, 掉进僵直的小腿胫骨
一下子动弹不得。
如此熟悉又陌生的生活, 平凡中的惊奇
令人不敢相信。
你还发现山的倒影偃卧在湖水里
一大群绿头鸭和黑水鸡
游进来, 又游出去。
然后, 一条公路逶迤上山
你重新启动汽车
感觉山已缓缓驶入内心。

小尖山

眼前是令人眼花缭乱的景象:
紫藤在崖壁上恣意攀爬
金樱子的花朵, 铺满向阳的山坡。
而在阴冷潮湿的涧边
委陵菜的花葶, 支起了多棱的星星。
石蒜, 一种艳丽无匹的植物
海星般的花瓣中间, 伸出了钩叉
一样的舌苔……
如此等等, 我想说
每根茎管里

都有一条彩色的小溪涌动
但对于生命的来源，繁复，衰败与死亡
它所构成的宏大乐章
我一无所知。
无数次，我孤身一人穿山而过
手脚触动茂盛的花叶
那种热烈迅疾传导到内心的战栗
都使我悲不自禁
我不能理解为了什么。

茶磨山

就此坐下
不需要言语。
山峰的轮廓，轻薄得
像镊子扯出的一根纱线
而在谷底，油菜地和低矮的村庄
有进一步
被大雾掩埋的危险。
蓝喜鹊，时而在松盖上聒噪
时而，像隐士一般宁静。
这一切，生疏许久
我们坐在很远的地方
像是文徵明、彭孙贻、许相卿……
远远地坐在这里。

谭仙岭悼古　图/阿蛮

谭仙岭悼古

南木山，北木山，木叶葳蕤
叶片大过了磨盘。梧桐、红榉
金钱槭，或是青纹、白斑的花楸
长身齐天，赤脚，筋结骨突
抓立在岩面。向晚一场骤雨
仿佛连山的石头崩塌，雨止
又一阵狂风盘旋，忽而向西
忽而又向东，西去的山峦如长龙
曲身在大地纵身走动，东去是大海
是天空里，划过你眼帘中
一条长长的弧线，星星坠落的迷谷
在你我迷失的瞬间，这些摇晃的树
这晚来的骤雨和惊风、大海、天空
与星辰，全像被风雷的车轮碾碎
在没有过去与未来，没有一个
静止的记忆与想象，在镜面般拉平
照见自身的时候，我深深地怀疑
整个现在。
小小一座谭仙城，城高不过十米
周匝不过七十丈，却在此当关，一屁股
坐断谭仙岭。在所有的假象

变成另一种真实，所有的恐惧
停止颤抖，最终垒成一块块城砖
雨后的砖缝泻出小流，蟋蟀的弦子
在石灰粉上调和，在那年老眩晕的暮日
从云团的迷障中重新醒来，柔弱的光
洒在黝黑的垛口，世界仍然严峻得
只有轻微的声响与清冷的光芒
但已有一种具体的面对，针对我们
宽广无边的日子。在烽火台
在寨堠，在那城堞之中，耸立的箭楼
一种战争始终站在那里，一种灾难
始终站在那里，令人诅咒的毁灭
等着我们。这不仅仅是刀枪
和弓箭的等候，在你笨重的刀
在铠甲上砸出火星，在你的箭射出去
永远停在空气中，在你左手扶鞍
右脚尚未安镫，巡城已经完成
一个人，一个时代的守备与巡检
已经完成，一个时代的精液与血浆
业已流尽，而我们的土地并未加厚
苍穹并未更加坚实，癖好祝愿的星星
依然掉进了波涛……在你我的时代
我们面临同样的困难，关隘、城池
内心里弄脏了白雪，你躺在床上
等候最后的一刻到来，就是我
此刻写下的诗章，也未能带给你宁静

一件陈旧的衣裳尚未脱下，眸子里
新产出的泪，又从深凹的眼眶里流出
在你我共同的年代，在你我
不同的时代，超越与抵抗从未停止
这是多么悲哀的事情，当我们疲惫地
走在旅途上，停顿，当我们最终
松开蜷曲的双手，僵直地死去……
像我再次痛苦地陷入思索，在这城堡前
无声地呼告，太阳，却无动于衷
一脸阴晦地，从女墙边一跃而下
溜进北木山的后院，而谭子
高高地，坐在南木山山巅的白云里
似在另一个世界里打坐，如橡的指头上
长满葛叶与山茅，虚指着星空
而那本《化书》的书册里脊，正从两峰的
夹沟处，往两边摊开，梧桐、红榉
与花楸，是什么时候也漫步到了书页里
黑乎乎的，成团成团绞结的文字
一直连接着大海，世界变得如此混沌不明
万物虚缈，一条长蛇，从竹梢上滑下
伏地盘成了乌龟，黄雀忽然合拢双翅
"啪"地掉落在沙滩，化作一只蚌蛤
而我在风中吹走的围巾，奔跑如脱兔
一块白石又在我面前甩着头，昂首
抖鬃摇耳，像匹天马突降在面前
我恍若已翻身上去，"坐致万里而不驰"

一条壕沟由此生生拉开,既不在我面前
也不在我身后,却横亘在我的大脑里
我的诗行在这里断开,生硬地折断
发出痛彻筋脉的"咔嚓"声,不由自主
重新进入恍惚,但我此刻并不惊慌
在你我的时代,没有一座山岭
没有哪一座城池、山峦、天空与大海
可以拘执我们,在于我和你
再不会被万物的表象迷惑,在于你和我
守住了自己的灵魂,你的停顿
即是离去,你的离去,即是回归
你是我世界唯一的一根轴,支点
在时间那里,你需要耐心而缓慢地
撬动整个山岭、城池,整个天体和星系
在整个的浩瀚的宇宙,化为一粒沙
你充满顿悟的喜悦,却止不住泪如雨下

第四辑
山居小景

无名站台

总是会忆起那孩子
站在两节火车车厢的交接处。

火车像根布条飘过。

他的手,深深地埋在铁壳窗子之下
他的脸和头发
在玻璃上无限拉长。

国家剧场里的蟋蟀

它的来历与身世我一无所知。
我能确定的是
它的声音发自内心,清晰、肯定
在众多的排练与表演之后
如此自然。
没有灯光
甚至也不需要任何道具。
空椅子是它的听众
还有我,处在那深沉的黑暗里
偶然的时刻
被叫醒了的昏睡的人。

晚　餐

叉子插进肉油,比刚刚结束的祷告
只迟到了一秒钟。
那悬在空中的嘴巴将张开黑洞
不用担心,有人替我们赎罪。

灯泡先开一朵昏聩的花
继而膨胀,像一只刨了皮的冬瓜。
一群跳草裙舞的蚊子
口器烫热后,似乎闻到了血。

钟摆一样,檐下的蝙蝠动了一下
它们害怕太阳,但更加渴望祭坛上的盐。
当我们入睡,它们便复活
是时候了,屠杀演变成一场狂欢。

在雪中跳绳

是下雪天,雪还在下
你透过窗子
看到孩子们在天井里跳绳
他们顶着雪花在跳
雪花在跳
你在想,有什么东西落下来
就会有什么跳上去
你甚至想邀请雪人
走进绳圈,一起去跳
渐渐地,雪越积越厚
你想,他们应该跳得更高
或者,应该在屋顶上跳
在电视塔塔尖,在高原
在喜马拉雅山,山顶上跳
很多年过去了
你从稿纸上温习那场雪
看到了地平线
新的孩子,跳着,跳着
跳得高了,就像雪片那样
飞走,消失

游　戏

孩子们在榆钱树下跳绳。

一个接着一个
一次接着一次,绳圈荡得更高。

当他们开始起跳,绳子
便会轻快地掠过脚底。

然而他们高高地跃起,冲向天空
那美妙的弧圈
仍然将他们带回地面。

一次,两次……
绳子的两端,空气的袋口
已经系紧。

一个,接着一个
孩子们从空气的魔法中走出,最后
向着四面八方散去。

只留下高大的老榆树

等待新的孩子。

绳子，远远地扔在地平线上。

海 堤

我听任这老旧的火车
停靠大海的站台

一排槐树,树冠悄然举起
仿佛是蒸汽和油烟
被海风吹到一边,刚刚冷却

我守在沙滩,拍打车轴
变形的齿轮是一群古怪的石头

把头颅提在腋下的人
早已下车,在大海那边放歌
波涛是遁去时扔下的刀锋

山居小景

南湖和北湖,两只安静得发白的耳朵
时针,也探不到耳蜗深处

山脊上,几棵松树
使我想起去年,一群穿着滑雪衫登山的女子

她们抵达山顶,朝着山下欢呼,挥手
仿佛全世界的青春都是她们的

而我想起那样激动的时刻
还是在故乡,鱼汛到来时

我和弟弟拉起一网细碎的月光
鱼儿,拍打黝暗的舱板

现在我躺着,光线像刀子一样切割身体
疼痛,但分毫无损

从我看不见的伤口,走出的一百个、一千个
小蘑菇,降落在草甸上

哦,天堂与地狱的门钮
都禁不起一拉

稻草人

清晨,他的整个身子
仍旧微微地后仰。
看起来,他刚刚巡视完回来
保持着突然停下的姿态。

哦,他的两臂甩开
连成了一条直线。
他的一只脚,斜插在泥里
而另一条腿伸进阳光
向着无穷远的地方丈量。

宇宙真小,这可爱的稻草人
喉咙间,胡卢地大笑。
他的胳膊上爬上了一只苍蝇。
草帽顶上,歇着一只乌鸦。

而我们知道,那一只小小的飞蝶
曾经穿过漫长的银河系。
某种变戏法完成
之后,重新回到他的头上。

曾经戴着它，深夜里
一个骑扫帚的人，环游所有的星球。
偶尔，在空中停伫
俯瞰蓝色的地球。

胖　子

一些表面的问题，比如
先入为主的印象是臃肿，不省布料
至于体积，在换算过程中
和脂肪攀了亲戚，这成何体统？

其实比影响形象要严重的
还有关体制的问题，比如三高
胆结石，爱搭脉的同志们异口同声
有心肌炎发作的前兆

一个忠告是，你长了痔疮
就不要孔雀开屏，泡沫经济够多了
费尽心思地保养，用文火
煎煎中药，打打太极，这都要不得

不要以为日子还长，钟点滴滴答答的
但没一口钟活得比时间还长

一个泼皮的创业史

他从小就立下远大志向
要航海万里,写一本伟大的书
足迹布满南极和北极
如果做生意,连锁店开到月球

总之理想的王国疆域无边
念头有如舌尖上新生的唾沫
他缝制过皇帝的新衣,制造过永动机
死人复活项目,也搞过那么一个

可怜的父母没等到他经营成功
妻子,被当作不良资产处理
当然,他的规划依然富有新意
空头支票,谁在乎添出多少个零?

晚年,老东西把赌注押在证交所
偶尔泡吧,仍不忘向小婊子们推销聪明
他说,假如借一个脸盆给猴子们
就能把井里的月亮捞上树梢

祖先的问题

孩子们的提问总是大于想象

博物馆有一具恐龙的骨架
化验室里有一小袋采集的干血浆
未腐的皮肉,据说是在医院
一大罐福尔马林泡着
我翻烂黄帝内经,才在书页脉纹里
找到隐藏已久的毛发

称一称重量,抽取些元素
或者找一把解剖刀,三下五除二
最后毕恭毕敬地去量量长短
似乎这都不成问题
但我怎样去还原,一个被想象定制的整体

每天早上,提着忧郁的黑提包
再坐到巴士里面,然后
沿着笔直的东西大道
一直被带到划分好的工作隔间……

孩子们,除了填满你们饥饿的嘴巴
我给你们留下了什么?

核　岛

接近死亡的方式是先向上
然后向下，十米，十五米，或者二十米
黑暗让你怀疑是否有底盘的存在，再下一级台阶
你要挣脱你的重量

灯光，像溺在电解水里
你的脸晃来晃去，一张轻薄的纸

刀，滑石，电筒，气枪与推杆
我依次递给你
我把一捆钢化的蘑菇云递给你
你的眼睛在通道闪光的弧圈上打滑

我追逐你的瞳孔
像我童年注视过的一个漩涡

恐惧是浓缩的铀
黏稠的结构

大理石圆柱

你整天站在那里
并不会因为一根羽毛飘过,就挪动半分
以你为轴
转动太阳的表盘,黄金的碎屑
纷纷落下

一个举着鲜花的孩子围着你蹒跚学语
一个疯子
摇撼你,他用油污的衣袖将你涂抹
一个提着醋瓶的女人
和你擦肩而过

只有我,在你的根部坐下
长久地背靠你
盼望着,你像一棵树那样
伸出根须与枝叶

时间就像一片羽毛飘过那样沉重
孤独的暗影
曾经打碎所有的台阶

井 图/阿蛮

井

井的上方悬挂着一只木桶。

但是没有人知道
一口井里,有多少只打碎的陶罐和水碗。

井的心里,长年累月
其实端着一只月亮的银碗。

井的心里,时不时撩拨着的
还有一根长长的绳子。

当烟囱里的炊烟,在乡村里渐渐消逝
井,仍旧汩汩地泛着水
深深地扎在泥里。

井里积着沙
淤泥,腐叶和黄花的记忆。

井的心里是一面时光的镜子。

井,静静地等待

咚的一声，那呐喊
雪亮的照见。

我，我父亲，我母亲
我的祖先，全部的小名。

马 路

早晚两次
洒水车那草绿色的女孩
渴望发生某种奇遇
但那不是油菜垄
也不是苜蓿地
愚蠢的人类在里面,螳螂
与瓢虫都不会待见

管道工从下水井进去
找到密集的管线
地底的迷宫,长满了枝条
在一块长长的盖板下面
球茎体灌浆成熟
似乎等着发电,或是爆炸

午夜的一张旧报纸
被反复碾轧,它像一个
垂死的人伸出手
文字横七竖八,被轧伤、弄脏
像战场上的士兵
一只豹纹小猫显然受了惊吓

它弓起身子，喵的一声
像手风琴突然拉开

长街无人，寒气袭来
膝下部分如同灌铅了一般
僵直、干硬
而灯柱下的天使是柔软的
露珠的玻璃钟罩里，碾压过
的蛾子，现在不担心翅膀碍事
它仰天睡着，眺望星球

鸡　蛋

经验告诉你，这些光
来自身体内部

小小的镭射灯
将母鸡的稻草窝照亮

酣眠的孩子，透过壳
的气孔细细呼吸

你女儿曾经轻轻摇晃它
一小团，混沌不明的宇宙

而它在桌子上滚动
比长了四只脚的还要快

你妻子企图在铁锅沿上
谋杀它，于是它睁开瞳孔

然后白色的小荷包
等着温暖你的胃

一个和尚的手段
张口便超度了一只小鸟

事实上,区区 21 天
像沿着赤道,毕剥地啄开一圈

就会有一团湿漉漉的肉
掀开顶盖,等待风晾干毛发

最后一个恼人的问题
先有蛋,还是先有鸡

峡谷里的公路

麋鹿在池塘边饮完水
屏着气等待汽车通过,然后
它猛地横穿过去

许久,大约是那些沉重的十字镐
沉寂二十年之后
文明人才背着猎枪
沿着公路进来

我长时间凝视那段空白
树枝用它的小叉子
叉池塘的脸

我的床铺与海面平齐

对一个静止的世界来说
一张床,和大海没有什么两样
甚至,和一个冰裂纹的梦境
也没有什么两样

几乎所有的梦想都要爬高
但所有的梦,无疑都要下垂
海鸥、天幕上的星星
就像此刻,海面下悬垂的铁锚

梦境真深,你还要拉着一根绳子
下到井下?你惊讶地发现
床铺,竟然与海面平齐
床单揉乱,与打碎的波浪连成一片

黎明前变态的寂静
大海在远处张开喇叭,等着
风吹荡过来,在波浪的拼凑中
重新承受完整的痛苦

一根火柴

它躺在一间旧旅馆的床脚边。
半张蜘蛛网
正好遮住那张,被焚烧过
扭曲了的,黑色的头颈。

红色贝雷帽
不见了。红棕色的头发
短暂的尖叫,也许在火光中
激动过,闪耀过荣光的
脸不见了。

很可能,床脚
机械地伸过那么一腿,但是
也没能及时阻止。
悲剧,就这样发生了
仅仅来自微小的摩擦。

来自那众多的一,拥挤
却不分明的国家,小小的盒子。
它本能地屈从于抽屉
拉开的命运
一次,划归偶然的事故。

水中的脸

清晨,树林里的小水塘。
发现我的脸
一张皮
掉下去了
被一捧清水那样掬着,安放在
静静的树影中间。

凝视,所有空洞之物。

这该多好,我想。
这张脸,不用开口说话
耸肩
做出种种表情
甚至,不用担心焚烧的命运
挂在墙上,或者
镶嵌在大理石中间。

一张没有四肢
没有心
在水波中荡漾
水藻喂养,鱼儿们亲吻

的脸。

很轻
距离我很近。

但是很远
让我无法打捞
心情沉重。

永远，遗弃在树林里的一隅。

直到下一位
在林子边上，绝望地出现。

过 往

那时候你还年轻

扶着楼梯呕吐宿酒

提着鸟笼子,穿睡衣的大爷

像老斑马走下台阶

二楼的女孩子坐在门口做作业

一抬头,鼻子从刘海的额头

滑下来,滑到唇沿

三楼,煤气炉子,刨屑与小木块散发着浓烟

四楼有竖着的奶瓶

悬挂的奶罩,晒干的腊肉

鸽子从五楼的天窗里飞出去

掠过电线杆

一瞬间,情节突变

天空呼啸地对着我们倾斜

所有的节奏是一台电梯

上上下下

穿西装的来了

拎公文包的走了

超短裙走了

齐臀裙来了

着急的中学生搂抱在一起

意外多了

办证，通下水道

搬运，房屋出租，专治性病

贴满了花花绿绿，超市的广告纸

而楼道，像长颈鹿的脖子

还在长高

让你体会到其中

蠕动的滋味

顺着脖子，滑入到一个庞大的胃

有时候，你会走出去

看到陌生的拖鞋

无人认领的垃圾袋

敲门

门开了，伸出头来

像惊恐的鼹鼠

"这里不需要推销任何产品！"

然后，砰地关上

你能感受到压扁的空气

哦，还是电梯

直达到顶楼

房子看不到边

天空漂着五颜六色的气球

热水器的陈列馆

太阳专注地输送能量

而奥特曼受了伤

躺在水池边上

我们年轮里的雾障

正在弥漫

你怎么回到自己家里?

父母早走了

孩子飞了

妻子,一只袋鼠

更像是严格的保育员

你听觉受损

身体跟着眼袋下垂

愈发沉重

电视里说着什么梦

猫睡过一觉

含混地附和:"喵呜"

你必须找到仪表计

量一量心跳

玩的就是这样心跳

彻底静止之前

在粥样的血管里慢慢老去

你要写下一首诗?

世界只剩下:

向上帝兜售自己

第五辑
树

拖树枝的人

山谷很深,偶尔
他也会抬头,看看头顶
飞过去的飞机

砍下来的树枝很新
像只巨大的翅膀
刚刚刷完绿漆

上坡,下坡
俯冲,拉升
每一次,拖树枝的人
都弄出很大的声响

拖树枝的人
埋着头
至今还在山谷里
拖他的树枝

山水诗
　　——与高岭对饮

没有山，我们自己造
言辞那么多，桌面上堆得恁高
手一拍，没了
没了？——我们再吹
山是高山，岭是高岭
湿润的草地，挺拔的松柏
话锋急转，带来了陡坡
深不见底的悬崖，语气裹挟风
送来一团团白云
酒局行进中，仅仅是一座山
一片山，一众山……
从海上，摆到了首都
有没有水？要看往深处
山可以不着眼，见水
也未必真是水，菜汁，肉汤
还有酒水，都是好过渡
渡也是津，津也是渡
山水与家国，情怀
不过开借条借路
你吐出那么多块垒，信不信

我也能从咕嘟嘟的喉管里
扯出一条江来
不得已的经营谋生
各自在胸口下的小国家里
苟活，边读书，边吃药
山水相逢便成知音
旅行是什么？
曾经来过，回归自我之处

九月之初

蹦跳着的岁月
蓝色的炊烟上升
向我们招手,束腰的夹竹桃
依然像天真的少女

掠过沉沉的湖水,一片帆
被一个响指轻轻点燃
四十棵樟树,绿色的邮筒
迎接白鹭的传递

这热得悲伤过度的大地
风已经回来
紫色的花朵低垂得太深
土豆的消息已经快递到炕头

大舅的晚年

一个夜晚要比一个夜晚平静
他眉骨上的雪,还在松塌

炉火向着内壁睡着
一座钟,在暗夜里活动它的玲珑骨架

那是在沙洋,他在农场的大院敲梆子
黑压压的人头像片化不开的胶

凄怆声,雪水里夹着一把沙
月光垂在院墙上,膝弯凉到了十二点

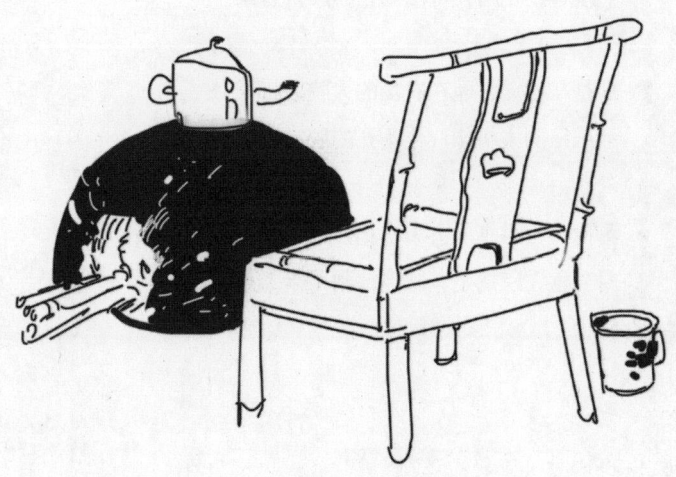

大舅的晚年　图/阿蛮

蚯　蚓

日复一日，盲目且固执地
履行一种义务。

在田野里，沟渠，草堆，和树木
阴湿的根须之下
总能看到你，蠢头蠢脑
蠕动可笑的身躯
热衷于那活计。

一个泥巴的工厂
泥巴的产业。

对所有腐烂的草叶，果实和根茎
来者不拒，兴致勃勃地
大吃特吃。

经过咀嚼，搅拌
填充到一环一环，伸缩的管道
直至，输送到那出口。
以时间换算
沉闷的黑暗，只是等待拉出来的

一堆新鲜的粪便。

这真像是一位诗人所有的修炼
和他时刻信奉的宗教。

星　空
　　——给吴洲星

那更像是上帝
用黏土混合矿石的游戏

其间的光
在眼前次第降临
仿佛比无数黑夜的排列

出发得更早
甚至，在
亘古洪荒之前启程

那野性的喘息
混沌、粗重，深沉而蒙昧
却又薄如蝉衣

你能看见此刻
船与船桨，划船的人吗
尤其是这样凉风如水的夜晚

混合了树冠

草叶和露水的味道

那坚硬外壳的嘴唇
熠熠生辉
已然贴上额头

像宇宙一样古老
又生机勃勃,带着神秘的敌意
和崭新的爱

夜 读

暮色迫近,树枝愈发瘦硬。
童车的前轱辘
在墙根处抵紧,睡得更沉。
而落叶,一直吹到郊外
跟随的人,仿佛再走一会
就会跃入天空,成为众多蝙蝠里
盘旋的一只。

什么时候能够腾身
在窗棂间变得更轻,或者
完全消弭于黑暗?
对时间而言,生命,还有死亡
总是如此简单:
一道划出的弧,即将终止的线段。

这么多嘤嘤叫的蚊蚋
围着灯罩,像是找到了一只
饱满的乳房
它们吮吸光,并且炙掉了翅膀。
在我的书页间
来不及清扫这样细小的魂灵。

榉 树

早上,她踩着泥泞回来
赤着脚踝,在我窗下发抖

头发披散着,脸上积满泪水
而一根电线绷紧,恰好刺穿了她的双眼
震颤着,嗡嗡作响
如同青蛙的肝脏爆炸,腾起
一片红色的烟雾
她淋着雨,但是依然用流血的眼眶盯着我

于是,我看见镜中的大海打碎
波浪像两只断翼,倾斜地
插入一个狭长的雨夜
雨,追赶她的躯体,漩涡中的礁石
扯烂她的裙子
我听见她在尖叫,在狂风中
尖叫
她的瘦小的脚趾在海浪上奔走
躲避尖利的刀刃,然后

幻象迅速地消失

台风过去,泡沫吞咽雨夜的喧嚣
黎明的嘴唇从冰冷中苏醒
雀鸟鸣叫
一个几何状的世界,以严整的线条清晰起来
小山,平畴,还是这棵
孤单的树

一棵榉树在我眼里摇曳
并且轻轻地哭泣

蚱　蜢

下午，一大片阳光在干枯的草地上燃烧
我们不期相遇，用目光对视

我努力向它表明身份：我来自竟陵镇
盛产稻米和棉花的蛮荒乡下
我是粗俗的食盐动物，嚼碎过松鸡的骨头
和林荫下，大叶的药苗
我身上的胎记完全可以作证，它们
就像几块湿润的泥巴

但是它那对复眼一动不动
坚硬的额角一动不动，那对有力的大腿一动没动

我只有进一步地表达诚意
我刮过石桥底部的芒硝，在丹炉里煮过汞丸
我的进一步修行，是吹过口哨后
顺便吹过枪口的蓝烟
不过，我也曾和小溪合唱，和爱沉默的群山论道
我手头甚至有一部打满折痕的
厚厚的编年史

但是它忽然就呼哧呼哧地喘起气来,两根长须
像两把旗帜一样生气地竖了起来

蚱蜢两眼通红,淌着两道柴油味道的热泪
蚱蜢像辆绿色手扶拖拉机一样长高长大起来,蚱蜢
转眼就长成了一架绿色战斗机,蚱蜢腿上的刚毛变成了带
涡旋的发射弹筒,蚱蜢停在燃烧着的草坪上
胸脯里的发动机开始剧烈地轰鸣

蚱蜢终于站了起来
蚱蜢忽然像只绿色大恐龙一样在我面前站了起来
蚱蜢像提一只小甲虫一样毫不费力地提起我,又轻轻放下
蚱蜢拍了拍我的肩膀,蚱蜢用了最软最柔和
最有磁性的声音说:朋友,我要飞了

太阳下,划过一道细小的彩虹

木拖鞋

一次又一次
我徒劳地搜寻水面。
涡流中
除了一只落单的野鸭子
什么也没有。

我的木拖鞋漂走了
在我试图
踏上水面的时候。
谁知道呢，我自小
就不是个聪明的孩子。

我的祖母业已死去。
她浆洗过的衣裳
一缕一缕，卷入了漩涡。
她笑吟吟地
在波光粼粼中流走。

没有人会再来取笑我。
几个男孩子
在河坝头放下了纸船

那开心的声音
仿佛来自另一个人世。

现在,那艘纸船
跌跌撞撞地
正对着我直冲过来。
它加足了马力
转瞬,变得又高又大。

而河流,也在此时
无限地放宽。
水面上容纳了无穷的事物。
一只木拖鞋
还在波浪中从容地走着。

拎皮箱的人

在我们这个世界里
到处,都是这样
拎皮箱的人。

在我们乡下,也不例外
皮箱,像终生的影子
走到哪里,拎到哪里。

皮箱里,叠着
整整一箱子皮影
皮箱里,积满了灰尘。

每天,拎皮箱的人
都要从皮影堆里
拖出来一具
拉出来,又装进去。

每天,灰尘
都要往里面钻,每天
都要使劲地
把灰尘拍打出来。

这样的事一再发生
拎皮箱的人,满面尘灰。
即便被阳光绊倒
也要装作若无其事。

有时候,拎皮箱的人
和箱子里的皮影
一样积满灰尘
已经分不清彼此。

拎皮箱的人,才会
认真地辨识一下自己。
下一具皮影
到底是不是自己?

夜晚,倒出箱子里的皮影
和所有的灰尘
拎皮箱的人躺在里面
开始伤心地哭泣。

王子猷雪夜访戴

我要讲的这个故事,老掉牙齿
人物简单,道具也简单。
一主一仆,一条船
加上一场大雪,一条河
一桶酒料理一个通宵。

想去去过了,想回就回来
情节也是这么简单。
其实特没新意
只是这般干脆的男人,从此绝种。

卧龙岗

午睡迟迟，太阳不肯下岗
晚霞红艳艳一片
漫天都是未收完的税务账单。

月亮升上来
在树杈子上方，尴尬得像一块
烤煳的面包片。

森子，罗羽，泉声静悄悄地
睡在草尖上
好像一翻身，就要睡到青草下面去。

时间善于作茧
一大片光在编织，高岭和张典
一人一个，拥有透明的蛹的睡袋。

蕉下睡客，笑吟吟地
移到了树枝上，如果风来吹弹
也许会嗖嗖地从一根枝柯弹向另一根枝柯。

魔头贝贝的瞳孔，啤酒瓶底无限放大。

而肥胖的婴儿,含着奶嘴
躺在医院里。

几个江南人分不清南北
东游西逛找东西
诸葛先生草堂的全部要义:孔明。

积木　图/阿蛮

亭林公园

——诗呈臧北、高焱、江浩,兼寄米丁、育邦、苏野、雨来

十年过去了
我们饮流的时间业已入海
这里仍旧是书院、曲苑、盆植和玲珑玉石
酒客埋葬形骸的园子

万里江山,运河只有那么一小段唱词
琼花,历年春天
都会制造出相似的暴雪
又有多少深心,修得如并蒂莲出水结缡

每一次小聚,各自从枯寂的空洞中
暂且起身,小小的酒杯
竟然沿着山脚,端起整座城市阴沉的轮廓
黑暗中的荒芜

灯影酒浆中的旧日卷轴,刘过已老
顾亭林千古
真山犹似假山,而我们的面目愈发模糊
只有大吴风草披发仗剑,乱入石径

涠洲岛的夏夜

也许我该告诉你一些什么
当我们茫然地眺望大海

暮晚,渔火把远处的海面抬高
接到了天上,而近处的海水洄游过来

沿着水线啜饮黑暗,激情消退
沙滩车驶离,留下纵横交错的辙印

商贩们忙着捡拾,砍削掉头皮的椰壳
几棵甘蔗,倚靠在货车架边

在风中,如同孩子们伸出瘦弱的手臂挥舞
灯光时有探照,芭蕉叶噼里啪啦作响

像成年男人们那样裸露出肩膀嬉戏,角力
作为某种回应,渔港突然明亮起来

巨大的蚌壳张开,吐出珠子
蚝油,沙虫盅,鳗段,生铁烤架上蠕动的八爪鱼

可以想见的情形,揭开另一种生活的序幕
大海回望,但它永远不想知道,我们如何挥霍完短暂的
　一生

绿色猫

母亲叫它将军,或者乖宝贝儿
它出现时,冷不丁地会吓人一跳
胡须上沾着一只蚱蜢的腿
或者,头上缠着蛛网
诸如此类。假如,你穿过豆苗垄
还会发现一张青蛙的皮,鸽子
零乱的羽毛,蚂蚁的队伍
傍晚,绕着母亲的腿在灶台下转悠
母亲用昵称呼唤
它喵呜喵呜,敷衍了事
它邀宠的伎俩,不过是竖起身子
将前脚并拢,懒洋洋地搭上母亲膝头
像一只僵直的绿壳暖水瓶
而弟弟即将上学,总爱一把逮住它
在枫叶树荫下,用它发电报
呜噜呜噜的电波,被枫杨穗子
记录下来,还有,揪起尾巴打电话
喂喂喂你是谁,我是北南西东京
抑或,干脆用木头步枪瞄准
呼,呼——它跌倒,破碎
翻滚着,折出几道棱边

像一台方头方脑的电视,而它
弹身一跃,只留下满屏的雪花点
那个夏天,浓荫似水
我们翻箱倒柜,在仓房、小阁楼
甚至在圆珠笔画成一团
速写的风景里寻找它
但是,它杳如黄鹤
只有枫杨树依旧绿荫笼罩,光影
拆解缝合,仿佛都是猫的影子
而门前的小河置若罔闻,埋头向前
除了打捞上来几团没用的青
还有一次,一只绿毛龟爬上河埠头
它悄悄打量四周,欲言又止
把一个绿影子的秘密用硬腭咬紧

鸫鹩的歌声

十一月飞临南方的黑鸟
沼泽地里的白杨才是它们的家
我整天趴在土堆后观察
等待它们,吃饱后
竖起脖子唱歌
那个时刻,嗉囊里,涌动水
或者某种悒郁的东西
哦,灰白的,不
在水底,应该是暗黑的
像死去了很久的
人的脸
十一月的水面下
我没有看到鱼,只有
静静沉睡的树叶
像死者的一张张名片
当它们像鱼雷发射
冲向水底
我能想象那种饕餮
那使我喉头一阵发紧
使我胃里的血液猛地下沉
而在盛宴之后

它们在我昏沉的大脑里唱歌
在阴沉的云底下
唱歌，所有的鸬鹚
整个沼泽地，树枝上的鸬鹚
一起笨拙地摇晃
它们被自己的歌声唤醒

五月,在乍嘉苏高速公路上和一群猪同行

此前,我只看到那个群体的后背
宽阔、厚实,道路前方的夕阳泼洒下来
整体上给了人山峰般雄浑的错觉
上坡的时候,得以慢慢地接近
我才惊讶地看到:它们坐着
和我们一样,一个挨着一个,
胖的,瘦的,秃顶的,顶着浓密
猪鬃的,一个跟着一个
它们中间,一小部分已经睡着
也有不睡的,三三两两
正在喁喁私语,而更多的
只是耷拉着耳朵,望着窗外
一头猪,居然抬起前爪
拍了拍它前面的肩膀,而另一头
搭在货厢栏杆上的蹄脚,竟然
像挂着座椅边精致的坤包……
直到追得更近
我才发现它们喘着粗气,一群猪
它们累了,散发出令人恶心的
浓重的体味,而脖子上淌下的湿汗
顺着肩胛流下来

就像一条条蹩脚的领带……
终于，一个俯冲，上坡，司机猛然加速
伴随着一阵颠簸里集体的
猪的哼哼唧唧
十九座的依维柯超了过去
在一群猪的阴影里我们冲了过去
在夕阳和群山中我们冲过去了
路，还漫长
车上，大部分人已经疲倦地睡去
少数人压低了嗓子，还在不倦地探讨
梦境前的季报、市值、K线、GD
窗外，是一望无际结了荚的
油菜的盛大集会，似乎丰收在望
但是冲在这群猪的前面
我还是感到了前所未有的悲哀和沮丧

树

正如你看到的那样：
斧子砍偏，它在丫杈上弹起
一树的震颤，如同周匝的
细雨簌簌，瞬息停止
种种嘲笑，你自然熟悉不过
喏，是这样，定定神
往手心里吐口唾沫
然后运斤如风，枝柯
次第落下，从斧柄上传过来的
力，回击的力
沿着手臂直抵肩背
仿佛肩窝那里，一个蓄水池
正在蓄满

——这是你爱着的松树苗
每年劈斫一次
就会长高许多，谁又会在意
那些略显沉闷的冬天呢
三十年后，腰弓背驼
你只能提着斧头
在云雾笼罩下的树冠下徘徊

你或许会用斧背

敲一敲粗大的树干,听一听

硿硿的回响,距离上一次

又会有多远?

现在你抓紧时间干活

面对孱弱的枫杨苗,你带来了

镰刀,你总是自下而上

割断管子似的枝条

它们散发的香味使你沉醉

就像你在某个深夜,在灯火荒疏的

无名小镇上低头踯躅

默念青石板上,老友们

明亮或晦暗的脸

你被飘来的茴香气味唤醒

再次感动莫名,但你已习惯于

重逢和离散

哦,这些柔韧的小树

籍于时间的眷顾

一样可以长成参天大树

老了,你独自驾着小划子

挥动轻薄的桨叶

在与吞咽水流的大鱼交谈之后

又从湖心折返回木屋

用衰老的手臂取饮

船、桨叶与水瓢,本然
全由枫杨板制成
一棵树,与你的生命
反复关照相连
你只能感叹,全能的造物主
万事万物,都能找到自己的位置

前年,你在小岛的木屋边
又植下数株石楠
如今,一群羞怯的姑娘
手掌交叠,掩护饱满的胸膛
窘迫的你,又如何能
在它们面前久伫?
只有阳光洒照,偶尔
洞穿其中的秘密
你转身,感觉到指指点点
又听到风中的窃窃私语
这样的日子,超越了爱恋与疯狂
不是期待,胜过期待
美好,也更坦然,更欢愉

那羊皮纸一般柔软的
桑葚树叶,此刻哗哗作响
汇入了欢快的节奏
曾经,沿着纤细的脉络
你的手指摸索地图

放大镜使地平线更加弯曲
而星星们，沿着沙丘
纷纷滑入丝绸古道
驼队静默地走着，眺望
远方的大海
浪潮卷起了版图上的一角

突然地寂静
天穹下，短暂的寂静
你转而凝神倾听
不是钱币的叮当作响
不是驼队的铃铎
是你的心，正好接住了
滚落下来的一颗露珠
数个世纪以来，所有埋藏的惊雷
莹白的蚕，谕示
富足与安宁的蚕
它以万马奔腾之势
席卷了整个欧亚大陆

哦，我的手指
切出的刀口，血在流淌
像火焰一样灼烧
当我陷入遐思
我又如何能忘记
历史的疼痛，就是这些

纵情伸展枝条的榉树
陷入了命运的纠缠
当它们在风里，彼此拥抱
覆压，刺入对方的胸膛
折断与喘息
我才感到难以言说的窒息

这是这些，这些
密密麻麻，挤紧的檗木
坚硬的檗木
它曾经猛烈地击中肋骨
和额头，使我留下难以忘怀的
肿胀与淤青
它如此沉重地枷住我的脖颈
之后，鸟雀离开家园
兄弟离散，妻儿被掳走
仇恨，全部加在我身上
成就了我，沉痛的记忆与噩梦

远了，一切都远了
这只是树林里的种种幻象
与回忆，以及期冀
四十岁，我才真正爱上自然
平静地看待事物
我才能在万象之中
找到真正的我

我曾经爱过那样挺拔的白杨
是一棵,仅有的一棵
我心底曾有过山茶的热烈
和栾树花冠膨胀的芬芳
我曾经努力付出,但还远远不够

当上帝选中我
我愿意放弃一切,为之独守
为它把我的双手奉上,祷告
我理解了力量与爱
我忘记了节疤上的怨尤,以及
树洞里的憎恨
白眉鸫以贴近红珊瑚树树根
的泥地为家,而柳莺
爱在枳木的枝杈间歌唱
谁的梦想不是梦想
谁的家园,不是家园

我能在蔷薇树顶上找到
落单的歌鸲
在高大的合欢树伞盖下
有着娇小的、跳舞的姬鹟
至于樟树的树巅
有鼓噪的领雀嘴鹎
大鵟,它只在林子上空
九霄云天里翱翔

我从未以为，我就是万物之灵
诸神的咒语在身上应验
我是矮小的侏儒
时序里的小丑

我只是理解了生命
学会了向流水与白云致意
不再哀叹，适逢其时
这正是万木复苏的时节
秩序更替的开篇
消解，嬗变，夹杂着遗忘
与展望的情绪
我在腐殖的气息中
嗅到了春天
一个诗人的漫游郑重启程
但是，没有什么比深沉的土地
更加懂得古老的抒情
我深深理解这一切
我身体里，血液奔流
我，一棵狂野又安静的树

跋

每个人都有一个故乡，生命的根源不能忘记。小山平畴，湖海相连，风光旖旎，更兼人文深厚，盐邑斯地，我在此淹留寄寓廿年有余，除去工作，泛游自然，读书，与志趣相洽的朋友饮酒交谈，思考，写作，我的精神故乡俨然就在这里。这本小集子，算是拥有双重故乡情结的内心写照。是为跋。

图书在版编目（CIP）数据

湖山里 / 津渡著. -- 武汉：长江文艺出版社，2019.8
（"海风三人行"诗丛）
ISBN 978-7-5702-0980-4

Ⅰ.①湖… Ⅱ.①津… Ⅲ.①诗集－中国－当代 Ⅳ.①I227

中国版本图书馆 CIP 数据核字(2019)第 075803 号

| 责任编辑：胡 璇 | 责任校对：毛 娟 |
| 封面设计：川 上 | 责任印制：邱 莉　王光兴 |

出版：长江出版传媒　长江文艺出版社
地址：武汉市雄楚大街 268 号　　邮编：430070
发行：长江文艺出版社
http://www.cjlap.com
印刷：湖北民政印刷厂

开本：880 毫米×1230 毫米　　1/32　　印张：6.375　　插页：2 页
版次：2019 年 8 月第 1 版　　2019 年 8 月第 1 次印刷
行数：4455 行

定价：108.00 元（全三册）

版权所有，盗版必究（举报电话：027—87679308　87679310）
（图书出现印装问题，本社负责调换）